넌 자유롭니?

FREE? by Various
Compilation © 2009 Amnesty International
Foreword © 2009 Jacqueline Wilson
"Klaus Vogel and the Bad Lads" © 2009 David Almond
"School Slave" © 2009 Theresa Breslin
"Scout's Honour" © 2009 Sarah Mussi
"Sarsaparilla" © 2009 Ursula Dubosarsky
"After the Hurricane" © 2009 Rita Williams-Garcia
"If Only Papa Hadn't Danced" © 2009 Patricia McCormick
"Prince Francis" © 2009 Roddy Doyle
"Uncle Meena" © 2009 Ibtisam Barakat
"Searching for a Two-Way Street" © 2009 Malorie Blackman
"Setting Words Free" © 2009 Margaret Mahy
"Jojo Learns to Dance" © 2009 Meja Mwangi
"Wherever I Lay Down My Head" © 2009 Jamila Gavin
"Christopher" © 2008 Eoin Colfer
"No Trumpets Needed" © 2007 Michael Morpurgo
This Korean edition was published by TOTOBOOK Publishing Co. in 2011 by arrangement with Walker Books Limited, London SE11 5HJ through KCC(Korea Copyright Center Inc.), Seoul.

이오인 콜퍼 · 데이비드 알몬드 외 지음 ﹎ 김민석 옮김

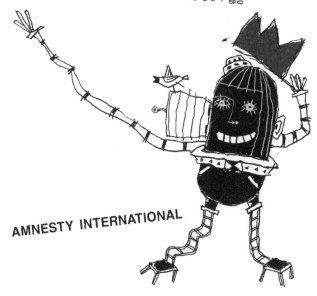

AMNESTY INTERNATIONAL

넌 자유롭니?

팀

　중학교 때 미술 선생님은 무척 유쾌한 분으로, 익살스러운 학교 배지를 디자인했다. 배지에는 악마 같은 여학생 두 명이 하키 스틱을 들고 싸우는 그림이 그려져 있고, 그 밑에는 '불공평해!'라는 특별한 교훈이 적혀 있었다. 선생님은 이 교훈이야말로 학생들이 가장 자주 하는 말이라고 했다. 우리는 구역질 나는 교복을 입는 건 불공평하다고 했다. 또 숙제가 많은 것도 불공평하다고 했다. 그리고 지겨운 급식을 먹는 것도 불공평한 일이었다.

　나는 친구들 못지않게 투덜거렸다. 그리고…… 열두 살 때《안네의 일기》를 읽었다. 너무 부끄러웠다. 죽음을 두려워하며 비밀 다락방에 몇 달이고 숨어 지내야 했던 안네의 인생은 정말 불공평한 것이었다. 책의 마지막 부분에서 안네의 최후를 알게 되었고, 소리 내어 울었다. 안네는 어린 나이에 비극적인 죽음을 맞이했지만, 그녀의 놀라운 일기는 제2차 세계 대전 중에 많은 유대 인들이 당한 박해와 그녀의 인생을 영원히 입증하는 자료가 되었다.

많은 용감한 작가들이 고통을 받으면서도 억압적인 사회 조직의 공포에 대해 주위를 환기시켜 왔다. 그리고 이 멋진 작품에 원고를 써 준 작가들은 우리에게 마음의 양식을 제공했다. 인생은 공평하지 않다. 하지만 우리는 잘못을 바로잡기 위해 최선을 다해야 한다.

자, 우리 모두 힘을 모아 세계인권선언의 30개 조항에 따라 살아 보자.

재클린 월슨 Jacqueline Wilson

영국의 청소년 소설 분야에서 가장 뛰어난 작가 가운데 하나이다. 영국에서만 그녀의 작품이 2,500만 부 이상 팔렸고, 전 세계 34개 언어로 번역 출판되었다. 영국의 많은 최고 문학상을 수상했는데, 가디언 상과 스마티즈 상 등이 대표적이다. 2005~2007년 영국 계관 어린이 문학가로 선정되었고, 2008년에는 '데임' 재클린 월슨이 되었다. '데임'은 영국에서 남자의 '경'에 해당하는 훈장을 받은 여성에게 붙는 직함이다. 현재 런던에 살고 있다.

차례

"믿든 사랑하"

"태어날 때부터 자유롭고……"

제1조

세계인권선언, 1948년

클라우스 포겔과 악동 클럽

데이비드 알몬드 David Almond

카네기 상, 휘트브레드 상, 스마티즈 상, 마이클 프린츠 상을 수상한 작가이다. 《스켈리그》, 《불을 먹는 남자》, 《붉은 황무지》, 《손도끼를 든 아이》 외 많은 장·단편 소설, 그림책, 희곡을 발표했다. 가장 재미있고 혁신적인 어린이 책 작가 가운데 한 사람으로 그의 작품은 30여 개 언어로 번역되었으며, 연극과 영화로 각색되었다. 현재 가족과 함께 잉글랜드의 노섬벌랜드에 거주하고 있다.

우리는 몇 년 동안 계속해서 어울려 다녔다. '악동 클럽'이라는 이름도 붙였는데, 그건 농담 삼아 하는 말이었다. 단지 우리는 이간질이나 하고 다니는 골칫거리 개구쟁이일 뿐이었다. 어쨌든 우리는 그해 가을까지는 이렇다 할 문제를 일으키지 않았다. 우리가 열세 살이 되고, 클라우스 포겔이 등장한 그해 가을까지 말이다.

악동 클럽 멤버는 스티비 코트 출신의 톤토 맥케나, 댄 딕비, 스파크 쌍둥이 형제인 프레드와 프랭크, 그리고 나였다. 우리는 모두 펠링 출신이고 세인트 존스 학교에 다녔다. 그리고 조 길레스피라는 멤버도 있었는데, 우리보다 한두 살이 많았다. 그는 우리와 약간 거리를 두었지만, 멋진 대장이다. 긴 곱슬머리는 깃 위에서 찰랑거렸고, 첼시 부츠를 신었고, 색 바랜 리바이스 청바지와 벤 셔먼 셔츠를 입었다. 그리고 그에겐 테레사 도일이라는 여자 친구도 있었다. 조는 여자 친구 손을 잡고 홀리 힐 파크를 거닐곤 했다.

나는 조처럼 되는 꿈을 꾸곤 했다. 손가락으로 머리카락을 뒤로 빗어 넘기고, 여자아이들한테 윙크를 날리고 싶었다. 또 그럴싸한 말썽을 부린 뒤 클럽 멤버 어깨에 팔을 걸친 채 "정말 멋지게 해냈지? 정말 나쁜 짓을 했어. 하하하."라고 말하고 싶었다. 당시에는 나뿐만 아니라 클럽 멤버 모두 조처럼 되고 싶어 했다.

우리는 으레 방과 후면 스워즈 로드의 운동장에서 잠바 두 개로 골대를 만들어 놓고 공을 차곤 했다. 드리블과 페널티 킥 연습을 하며 놀았다. 또 다이빙 헤딩, 페인팅, 쇼트 바운드로 공을 잡는 훈련도 했다. 우리는 어린아이들하고 시합을 해서 단 한 골을 넣었을 뿐인데도 여덟, 아홉 살 꼬마처럼 열광했다. 서로를 유명한 축구 선수인 베스티, 펠레, 야신이라고 불렀고, 공을 차며 해설까지 했다.

"한 사람 제쳤습니다. 두 사람 제쳤습니다. 골을 넣을 수 있을까요? 그렇죠! 맙소사. 검은 유니폼의 러시아 골키퍼가 막아 냈습니다."

우리는 골을 넣으면 허공에 주먹을 날리고, 눈에는 보이지 않지만 환호하는 관객을 향해 손을 흔들었다. 우리 목소리는 운동장을 지나 지붕까지 울려 퍼졌다. 저녁이 되어 날씨가 쌀쌀해지면 숨을 쉴 때마다 하얀 입김이 새 나왔다.

우리는 무아지경 상태가 되었다. 그러다가 우리 가운데 하나가 집들 사이에서 걸어오는 조를 발견하면 그 순간 모두 현실 세계로 돌아왔다. 조는 늘 한두 가지 계획을 갖고 있었지만, 먼저 우리한테 하고 싶은 게 무엇인지 묻곤 했다.

"발라클라바 거리로 가서 문을 두드리고 도망가는 놀이를 하는 건 어때?"

톤토가 의견을 낼지 모른다.

"콜드웰 파크 드라이브의 울타리를 넘는 건 어때?"

프랭크가 이야기할지 모른다.

하지만 우리는 그런 제안을 못마땅해할 것이다. 그건 어린아이들이나 하는 장난이다. 그리고 그런 장난이라면 이미 지겹도록 했다. 새로운 아이디어가 나올 때도 있었다. 민토 아주머니의 우편함에 대고 귀신 울음소리를 내던 밤이나, 경찰한테 전화를 걸어 정신 병원을 탈출한 환자가 오설리번 양의 앞마당에서 그녀의 몸을 조각내고 있다고 신고하거나, 듀넬름 테라스에 머리 높이로 노끈을 묶어 놓은 일들이 그랬다.

하지만 최고의 계획을 내놓는 장본인은 늘 조였다. 예를 들어, 태틀록 씨의 차바퀴 밑에 깨진 병 조각을 깔아 놓거나, 앨버트 핀치의 밭에서 서양부추파를 뽑은 것도 모두 조의 아이디어였다. 우리는 늘 조의 결정에 따랐지만, 그해 가을이 시작되면서부터는 그의 계획 때문에 우리가 난처해지기 시작했다.

성 패트릭 성당의 뾰족탑 위로 노을이 번지던 어느 저녁, 새로운 제안을 내놓을 사람은 없어 보였다. 그때 조가 양손을 비비며 씩 웃었다. 그는 신문을 돌돌 말아 청바지 주머니에 꽂고 있었다.

"얘들아, 춥지? 불을 피워 몸을 녹이는 게 어떨까?"

조가 말했다.

"불이라고?"

톤토가 말했다.

"응."

조가 윙크했다.

"따라와."

조는 성냥갑을 흔들어 덜걱거리며 말했다.

그는 우리를 데리고 스워즈 로드로 가서 차도를 건너 시캐모어 그로브 뒤의 좁은 길로 갔다. 우리는 무성한 쥐똥나무 생울타리 아래 암흑 같은 그늘에 섰다. 조는 조용히 모이라고 했다.

"이걸 봐."

조가 속삭였다.

그는 손을 뻗어 나뭇잎을 잡고 흔들었다. 먼지와 쓰레기, 그리고 낙엽이 날렸다. 나는 벌레가 기어 다니는 것 같아 머리카락을 긁었다.

"너희 아빠라면 집 생울타리가 이렇게 지저분한 채로 놔둘까?"

조가 물었다.

"아니."

우리가 대답했다.

"아니겠지. 하지만 이 울타리는 주인을 닮아서 그래. 제정신이 아니고, 멍청한 데다 사납기까지 하지."

조가 말했다.

"누구를 말하는 거니?"

프랭크가 목소리를 낮춰 물었다.

"안에 있는 사람이지 누구겠어? 아무짝에도 쓸모없는 유스터스 씨지."

조가 대답했다.

유스터스 씨는 생울타리 너머에 있는 집에 살았다. 가족은 없고, 친구도 거의 없었다. 그는 한동안 교사 생활을 했지만 지금은 아니었다. 유스터스 씨는 하루의 대부분을 집에 틀어박혀 시를 쓰고, 책을 읽고, 이상한 음악을 들으며 지냈다.

"우리가 다 태워 버리는 거야."

조가 말했다.

"뭐라고?"

내가 물었다.

"생울타리를 태워 버리는 거야. 유스터스 씨한테 한 수 가르쳐 주는 거지."

어두워지는 하늘을 배경으로 생울타리가 어렴풋이 보였다.

"왜?"

내가 다시 물었다.

"이유는 생울타리가 더럽고, 우리가 악동 클럽이기 때문이지. 그리고 유스터스 씨는 그런 일을 당해도 싸고."

조가 한숨을 쉰 뒤 말했다.

그는 신문을 펼쳐서 생울타리에 찔러 넣었다. 그러고는 우리한테도 신문을 건넸다.

"아래쪽에도 틀어막아. 그래야 불이 잘 붙지."

조가 말했다.

나는 망설였다. 포효하는 불길과 분출하는 연기를 상상했다.

"우리가 할 일이 아닌 것 같아."

나도 모르게 말했다.

"너는 생각이 너무 많아. 넌 악동 클럽 멤버야. 그러니까 악동 클럽처럼 굴어."

조가 속삭이듯 말했다.

그는 생울타리에 신문을 모두 넣은 뒤 성냥을 꺼냈다.

"어쨌든 유스터스 씨는 그 유명한 양심적 참전 거부자야. 그렇지?"

"그건 옛날 일이야. 유스터스 씨는 자기가 옳다고 생각한 대로 행동한 것뿐이야."

"유스터스 씨는 겁쟁이에다가 양심적 참전 거부자야. 아빠도 나처럼 말했어. 한번 양심적 참전 거부자가 되면……."

"조, 그러지 마."

"너도 양심적 참전 거부자가 되고 싶니?"

조가 물었다.

"너희도 그래?"

조가 우리를 한 명씩 쳐다보며 말했다.

"양심적 참전 거부자가 되고 싶은 사람 있어?"

조가 물었다.

"없어."

우리가 대답했다.

"좋았어."

조가 내 어깨에 팔을 얹었다.

"내가 책임질게. 내가 대장이야. 너는 내 명령을 따르기만 하면 돼. 그렇게 해."

나는 내키지 않았지만 아이들과 함께 구겨진 신문을 생울타리에 찔러 넣었다.

양심적 참전 거부자. 그 이야기는 우리가 태어나기 전의 일이었다. 유스터스 씨는 제2차 세계 대전에 참전하지 않았다. 그는 전쟁을 반대했다. 유스터스 씨는 적을 공격할 수 없었다. 그는 양심적 병역 거부자였다. 우리 아빠와 악동 클럽 멤버 아빠들이 집을 떠나 목숨을 걸고 독일군이나 일본군과 맞서 싸울 때 그는 감옥에 들어갔다 나온 뒤 더럼의 농장에서 일했다.

유스터스 씨는 그때도 벌을 받았고, 그 이후에도 벌을 받았다. 아빠는 유스터스 씨가 뭐든 남부럽지 않은 사람이었는데, 양심적 참전 거부자가 되면서 몰락의 길로 들어섰다고 했다. 유스터스 씨는 마음 편할 날이 없었다. 그는 이 마을을 떠나 다른 곳에서 새로운 인생을 시작했어야만 했다. 하지만 유스터스 씨는 그렇게 하지 않았다.

조는 성냥을 그어 신문에 불을 붙였다. 불꽃이 흔들렸다. 불은 재빨리 타올랐다. 톤토는 벌써 좁은 길로 도망쳤다. 프레드와 프랭크는 킥킥 웃었다. 댄은 사라졌다. 나는 욕을 했다. 잠깐 동안 몸을 움직일 수 없었다. 그러고는 우리 모두 허리를 굽힌 채 나무 그늘로 도망쳤다.

등 뒤에서 생울타리가 요란한 소리를 내며 타올랐다. 우리가 스워즈로드로 돌아왔을 때 시캐모어 그로브에 거대한 주황색 불빛이 보이고, 연기가 별들을 향해 솟구쳐 올랐다.

"이런 걸 가리켜 악동 클럽이 멋지게 한 건 했다고 하는 거야."

조가 말했다.

마음속으로 어떻게 생각하든 우리 모두는 전율했다.

다음 날 아침, 나는 시캐모어 그로브 뒤의 좁은 길로 갔다. 그곳은 재와 호스로 거무스름하게 젖어 있었다. 생울타리에는 시커멓게 뒤틀린 줄기 몇 개만 남아 있을 뿐이었다. 유스터스 씨는 정원에서 경찰관과 이야기를 나누고 있었다. 그는 계속 어깨를 으쓱거리고, 고개를 가로저었다. 나는 유스터스 씨와 눈이 마주쳤고, 이렇게 소리치고 싶었다.

'아무 소용없어요. 뭘 바란 거예요? 당신은 다른 곳으로 가서 새 인생을 시작했어야 해요.'

조는 눈에 띄지 않았다. 하지만 프레드와 프랭크는 골목 아래쪽에서 이를 드러내 놓고 웃었다. 이웃 사람들은 밖으로 나와 속삭이며 작은 소리로 말했다. 그들은 아무것도 의심하지 않았다. 그들은 우리를 알고 있었다. 우리는 그냥 펠링에 사는 평범한 아이들이었다. 우리는 불량소년이 아니었다. 정말 아니었다.

그 주에 클라우스 포겔이 도착했다. 클라우스는 동독에서 온 앙상하고 키가 작은 아이였다. 클라우스 아빠는 유명한 가수인데, 러시아의 포로수용소로 끌려갔다고 했다. 그리고 엄마는 실종되었는데, 총에 맞아 죽었을 가능성이 크다고 했다. 클라우스는 차 트렁크에 숨어 몰래 빠져나왔다고 했다. 아빠는 러시아와 독일처럼 먼 곳에서 벌어진 일을 속속들이 아는 사람은 없을 거라고 말했다. 우리가 마음먹은 대로 돌아다닐 수 있는 나라에서 살고 있다는 게 다행이었다.

클라우스는 성 패트릭 성당 옆에 있는 사제관에서 지내며 우리 학교로 전학을 왔다. 처음엔 영어를 한 마디도 못했지만, 영리해서 배우는 속도가 빨랐다. 며칠 지나지 않아 이상한 조르디 인(잉글랜드 북동부 타인사이드 출신 사람 / 옮긴이) 방언과 독일어 악센트가 뒤섞인 영어 단어를 몇 개 말할 수 있게 되었다. 그리고 얼마 안 있어 단어도 몇 개 쓸 수 있었다.

우리는 쉬는 시간에 클라우스의 책을 들여다보았다.

"너는 도대체 어떻게 이렇게 쓰니?"

댄이 물었다.

클라우스가 손을 들어 올렸다. 그 애는 어떻게 설명해야 할지 모르는 것 같았다.

"나는 그냥……."

클라우스가 그렇게 말을 꺼낸 뒤, 재빨리 갈겨썼다.

"이런 식으로."

클라우스가 말했다.

들쭉날쭉한 영어 단어가 독일어로 보이는 단어와 뒤섞여 있었다.

"이건 뭐니?"

톤토가 물었다.

"우리 파터 이야기야. 우리 아빠. 그 이야기를 꼭 말해……."

클라우스가 단어를 생각하느라 얼굴을 찡그렸다.

"꼭 말해야 돼."

내가 말했다.

"당케(독일어로 '고맙다'라는 뜻 / 옮긴이). 고마워."

클라우스는 고개를 끄덕인 뒤 눈을 동그랗게 떴다.

"꼭 말해야 돼. 야(독일어로 '예'라는 뜻 / 옮긴이). 그럼."

우리는 클라우스가 조르디 인 방언을 쓰는 걸 보며 웃었다.

클라우스는 방과 후에 발로 이야기했다. 그 애가 선보인 오버헤드 킥과 순간적으로 수비수를 제치는 몸동작, 그리고 공이 휘어지는 프리 킥은 우리가 꿈만 꾸던 기술이었다. 클라우스는 작지만 영리하고 강인했다. 우리는 그 애를 보며 감탄할 뿐이었다. 그 애가 축구를 할 때는 시합에만 몰두했고, 모든 문제가 사라진 듯했다.

"이름이 뭐니?"

프랭크가 물었다.

"클라우스 포겔."

클라우스가 눈살을 찌푸리며 대답했다.

"아니. 축구 별명 말이야. 나는 펠레야, 너는?"

프랭크가 말했다.

클라우스가 곰곰이 생각했다. 그 애는 누가 듣는지 확인이라도 하듯 주위를 살폈다.

"뮐러. 야! 게르트 뮐러!"

클라우스가 중얼거렸다.

그러고 나서 이를 드러내며 웃었다. 그 애는 드리블을 하다 태클을 피하고 나서 보이지 않는 골 망 구석으로 공을 휘어 찬 뒤 보이지 않는 관객에게 손을 흔들었다. 우리 모두 소리쳤다.

"그래. 잘했어, 뮐러."

클라우스는 전학 온 뒤 몇 주가 지나고 나서 처음 조를 만났다. 생울타리 방화 사건 이후로 악동 클럽은 조용했다. 조는 대부분 여자 친구인 테레사 도일과 시간을 보냈다. 우리는 조를 두세 번 보았다. 그는 스워즈 로드의 울타리에 기댄 채 우리가 공 차는 걸 지켜보면서도 길을 건너 우리한테 오지는 않았다. 땅거미가 지던 쌀쌀한 11월의 어느 날, 조가 어슬렁거리며 운동장으로 걸어왔다. 나는 클라우스 옆에 섰다.

"조라고 해. 괜찮은 애야."

내가 속삭였다.

"얘가 그 유명한 클라우스 포겔이란 말이지."

조가 말했다.

클라우스가 어깨를 으쓱거렸다. 조는 웃음을 지었다.

"너희 아빠, 유명한 가수라고 했지? 오페라 가수."

조가 말했다.

"그래."

"그럼 노래 불러 봐."

"뭐라고?"

클라우스가 물었다.

"틀림없이 아빠한테 배웠을 거야. 그리고 우리도 오페라 좋아하잖아? 얘들아, 안 그래? 자, 노래해 봐."

조가 노래 부르는 시늉을 했다.

조는 진짜 청중 앞에서 노래를 부르고 있기라도 하듯 입을 크게 벌리고 팔을 뻗었다.

"어서. 너는 지금 자유 국가에 있는 거야. 노래해 봐."

조가 말했다.

클라우스가 조를 빤히 쳐다보았다. 나는 그러지 말라고 이야기해 주고 싶었다. 하지만 그 애는 내 곁을 벗어나 조한테 다가갔다. 클라우스는 심호흡을 한 뒤 노래를 부르기 시작했다. 그 애 목소리가 운동장에 울려 퍼졌다. 클라우스의 노래는 유스터스 씨 집에서 흘러나오던 음악처럼 기묘했다. 그 노래는 사랑스러웠다. 어떻게 저렇게 노래를 부를 수 있을까!

하지만 조는 허리를 굽히며 웃었다. 그리고 클라우스한테 그만하라고 손을 흔들었다.

클라우스는 노래를 멈추고 조를 빤히 쳐다보았다.

"노래가 마음에 안 드니?"

클라우스가 물었다.

조는 웃느라 눈가에 맺힌 눈물을 닦으며 말했다.

"아니야. 정말 훌륭한 노래야."

조는 입을 벌리고 노래를 부르기 시작했다. 그는 아주 높은 음을 내느라 흔들리던 클라우스의 목소리를 흉내 냈다. 조는 우리를 처다보았고, 우리는 모두 웃음을 터뜨렸다.

"우리가 노래를 들을 준비가 안 됐나 봐. 얘들아, 그렇지?"

조가 말했다.

"그럴지도 몰라."

프랭크가 중얼거리며 조의 눈길을 피했다.

클라우스도 우리를 처다보았다. 그 애는 다시 어깨를 으쓱거렸다.

"그럼 나는 집에 갈래."

클라우스가 말했다.

"안 돼. 집에 못 가."

조가 말했다.

"안 된다고?"

클라우스가 물었다.

"너를 보내 줄 수 없어."

조가 이를 드러내고 씩 웃은 뒤, 윙크를 했다.

"얘들아, 클라우스를 가입시켜야 하지 않겠니? 우리 악동 클럽 새 멤버로 말이야."

조는 야수처럼 이를 드러낸 채 웃음을 지었다.

"얘 출신을 생각하면 더 그렇지 않을까?"

조가 말했다.

"무슨 뜻이니?"

클라우스가 물었다.

"독일 출신이란 말이지. 그렇게 오래전 일도 아니야. 그때만 해도 우리는 너를 죽이려고 했을 거고, 너도 우리를 죽이려 했을 거야."

조는 권총이라도 잡고 있는 것처럼 양팔을 들어 클라우스를 겨냥했다. 그는 상상의 방아쇠를 당긴 뒤 웃음을 지었다.

"그냥 장난이야. 조금 짓궂은 장난에 불과하다고. 얘들아, 뭐가 좋을까? 발라클라마 스트리트에서 문을 두드리고 도망가는 장난? 콜드웰 파크 드라이브의 생울타리를 뛰어넘는 장난?"

조가 말했다.

"생울타리."

내가 말하고는 클라우스 어깨에 손을 얹었다.

"그건 괜찮아. 우리도 장난삼아 하는 일이야. 너희 집 가는 길이기도 하고."

내가 속삭였다.

그렇게 해서 클라우스도 우리와 함께 가게 되었다. 우리는 좁은 길을 가로질러 콜드웰 파크 드라이브로 가서 뒤쪽의 정원으로 미끄러지듯 들어갔다. 조가 앞장서고 우리는 뒷마당 잔디를 넘어 생울타리를 통과했다. 개들이 짖어 대고 사람들은 생울타리를 넘어 다니지 말라고 소리쳤다. 우리는 생울타리를 빠져나와 킥킥거리며 펠링 뱅크로 갔다. 조는 우리를 모아 놓고 실력이 녹슬지 않았다고 말했다. 조는 클라우스의 어깨를 감쌌다.

"하하. 너는 이제 악동 클럽 멤버야. 포겔 군, 넌 우리 멤버라고."

조가 말했다.

그러고 나서 우리는 각자 어둠 속으로 흩어졌다.

"왜?"

클라우스가 내 팔을 잡으며 말했다.

"뭐가 왜야?"

내가 말했다.

"왜 우리가 그런 장난을 해야 돼? 왜 조가 시키는 대로 해야 돼?"

클라우스가 물었다.

"그런 게 아니야."

나는 말을 뱉고 나서 숨을 골랐다.

"그건……."

하지만 내 목소리는 꽉 막혀 버렸다. 적당한 대답이 떠오르지 않았다.

"그런 게 아니면?"

클라우스가 물었다.

그 애는 정말로 알고 싶은지 나를 붙들었다. 하지만 나는 대답할 수가 없었다. 클라우스는 어깨를 으쓱하고 머리를 가로저은 뒤 걸어갔다.

클라우스는 한동안 악동 클럽과 거리를 두었다. 그 애는 책에다 자기 이야기를 갈겨썼다. 음악 시간에는 목소리를 높여 노래를 불렀다. 그리고 축구 시합을 할 때는 화려한 기술로 아이들을 정신 못 차리게 했다. 클라우스 엄마의 시체가 발견되었다는 소문이 돌았다. 우리는 동독의 해방과 러시아의 변화, 그리고 클라우스 포겔과 그 가족을 위해 기도했다.

어느 날 방과 후, 워터밀 레인의 가로수 길을 바삐 걸어가는 클라우스를 만났다. 그 애는 팔을 휘두르며 나지막하게 노래를 불렀다.

"클라우스! 뭐 하니?"

내가 말했다.

"나는 자유로워. 아빠는 나도 언젠가 자유로운 몸으로 거리를 활보할 수 있을 거라고 했어. 노래하면서 걸으며 내가 자유의 몸이라는 걸 세상에 보여 줄 수 있을 거라고 했어. 나는 정말 그러고 있어. 자, 봐!"

클라우스는 다시 팔을 흔들면서 제자리를 맴돌았다.

"내가 자유의 몸인 것 같니?"

클라우스가 물었다.

"그럼. 그렇고말고."

내가 웃으며 말했다.

클라우스도 따라 웃었다.

"하하. 나는 걸으면서 감옥에 갇힌 아빠를 생각해. 엄마도 생각하고."

"부모님은 너를 자랑스러워하실 거야."

"그러실까?"

"그럼."

클라우스가 다시 웃었다. 쓴웃음이다.

"그리고, 걸으면서 여기서 만난 친구들도 생각해. 너를 생각하고, 조도 생각하고."

"조?"

"야. 조."

"클라우스, 너는 생각이 너무 많아. 축구나 하자. 게르트 밀러처럼 운동장을 누벼야지."

클라우스는 한숨을 내쉬며 어깨를 으쓱한 뒤 좋다고 했다.

어둠이 내려앉고 있었다. 운동장에는 벌써 서리가 내려 반짝거렸다. 별들은 운동장 위에 선명하게 깔린 서리 같았다. 클라우스는 그 어느 때보다 화려하고 열정적으로 공을 찼다. 우리는 경탄을 하며 클라우스를 바라보았다. 그 애는 공을 발에 붙인 채 몰고 가 골대 안으로 차 넣었다. 클라우스는 너무 기뻐 껑충껑충 뛰었다. 관객을 향해 춤을 추었다.

그때 조가 나타났다. 그는 바삭바삭 소리를 내며 풀밭을 가로질렀다. 조는 작은 배낭을 메고 있었다.

"헤르(독일어로 '군'이나 '씨'라는 뜻 / 옮긴이) 포겔. 다시 만나 반가워."

조가 말했다.

그러고는 클라우스한테 가까이 다가가 어깨를 팔로 감쌌다.

"나도 소식 들었는데, 안됐어."

조는 말을 참으려는 듯 손을 들었다.

"명복을 빌어."

조는 우리를 향해 고개를 돌렸다.

"얘들아, 악동 클럽이 일을 벌이기에 좋은 밤이야."

이쯤 되면 거의 끝났다는 걸 누구라도 알 수 있었다. 우리는 마지못해 조 주위로 모였다. 조가 기가 막힌 계획이 있다고 말했을 때 우리는 억지로 웃었다. 조는 키가 크고 힘이 셌다. 조한테서는 애프터셰이브 로션 냄새가 났다. 그는 검은 벤 셔먼 티셔츠와 검은 청바지를 입고, 검은 첼시 부츠를 신었다. 우리는 조한테서 벗어나지 못했다. 조는 작전 회의를 시작했다. 그는 웃음을 머금은 채 우리가 지금까지 악동 클럽이었으니, 앞으로도 죽 악동 클럽이어야 하지 않겠느냐고 했다.

아니라고 대답하는 아이는 없었다. 조가 명령을 내릴 때 반대하는 아이는 없었다. 내가 잠시 망설이자 클라우스가 곁으로 다가와 속삭였다.

"안 갈 거니? 하지만 너도 가야 할 거야. 우리 모두 대장 말을 따라야 하니까. 그렇지?"

클라우스는 말을 마치자마자 걷기 시작했고, 나도 그 뒤를 따라갔다.

조는 우리를 시캐모어 그로브 뒤쪽 좁은 길로 데리고 갔다.

"다시 하는 건 안 돼."

내가 한숨을 쉬며 말했다.

"우리 아빠 말이 맞아. 유스터스 씨를 오래전에 몰아냈어야 돼."

조가 말하며 클라우스한테 고개를 돌렸다.

"우리 동네 골칫거리 이야기야. 너라면 우리보다 유스터스 씨를 처리하는 더 그럴듯한 방법을 알고 있을 것 같은데."

조가 말했다.

클라우스는 어깨만 으쓱했다.

"어쨌든 좋아. 이제 재미를 볼 시간이야."

조는 배낭을 열고 달걀 한 판을 꺼냈다.

"한 사람당 한 개씩이야. 창문을 맞히면 백 점이야."

조가 말했다.

두 명이 킥킥 웃었다. 그 둘은 달걀을 받아 들었다. 조가 나한테도 달걀을 내밀었다. 나는 망설였다. 클라우스가 달걀을 한 개 집어 들며 나를 쳐다보았다. 나도 달걀을 한 개 집어 손에 쥐었다.

조가 웃으면서 클라우스 어깨를 가볍게 두들겼다.

"헤르 포겔, 악동 클럽 우수 멤버야."

조가 중얼거렸다.

클라우스가 다시 쓴웃음을 지었다.

"나인(독일어로 '아니'라는 뜻 / 옮긴이). 나는 악동 클럽 우수 멤버가 아니야. 나는 클라우스 포겔이야."

클라우스가 말했다.

그러고는 조한테 다가갔다.

"클라우스, 안 돼."

내가 속삭였다.

나는 클라우스를 말리려고 했지만, 그 애는 조한테 막 바로 걸어갔다.

"나는 네가 싫어. 나는 네가 다른 아이들한테 하는 짓이 싫어."

클라우스가 말했다.

"그래? 싫다고?"

조가 말했다.

28 29

"야."

조가 웃었다. 조는 발을 구르고 나치의 경례 동작을 하면서 클라우스 말투를 흉내 냈다.

"야! 야! 야!"

조가 클라우스의 옷깃을 잡았다. 하지만 클라우스는 물러나지 않았다.

"네가 순식간에 나를 짓밟을 수는 있겠지. 하지만 나는 앵스트리히 (독일어로 '두려워하다'는 뜻 / 옮긴이) 하지 않아."

클라우스가 말했다.

"두렵지 않아."

내가 클라우스의 말을 고쳐 주었다.

"그래. 나는 두렵지 않아. 이히 빈 프라이(독일어로 '나는 자유롭다'는 뜻 / 옮긴이)!"

클라우스가 말했다.

"하하. 프라이. 프라이."

조가 말했다.

"클라우스는 자유로워."

내가 말했다.

그 순간 깨달았다. 아빠가 감옥에 갇혀 있고 엄마가 죽었고 조가 옷깃을 잡고 있지만, 클라우스는 자유롭다는 걸. 클라우스는 조한테 싫다고 말했다. 그 애는 자유로웠다.

조는 으르렁거리며 주먹을 뒤로 당겼다. 나도 모르게 팔을 뻗어 중간에서 조의 주먹을 잡았다.

"안 돼. 그러지 마."

내가 말했다.

"뭐라고?"

조가 말했다.

"안 된다고 했어."

내가 말했다.

조는 그날 밤, 유스터스 씨 집 뒷골목에서 클라우스와 나를 때렸다. 우리도 맞서 싸웠지만 조는 키가 크고 힘도 셌다. 거칠고 사나운 조를 당해 낼 수가 없었다. 톤토와 다른 아이들은 도망갔다. 나는 클라우스와 함께 별빛이 내리는 쌀쌀한 밤길을 걸었다. 둘 다 몸이 욱신욱신 쑤시고 얼굴에는 피도 묻어 있었다. 하지만 서로 곧 팔을 흔들며 걸었다.

"내가 자유로워 보이니?"

내가 물었다.

"야. 그래. 그렇고말고."

클라우스가 웃으며 대답했다.

그 애가 노래를 부르기 시작했고, 나도 따라 부르려고 애썼다.

며칠 뒤, 클라우스와 함께 유스터스 씨 집을 찾아갔다. 내가 문을 두드리자 유스터스 씨가 열어 주었다.

"제가 생울타리를 불태웠어요."

내가 말했다.

"네가 그랬다고?"

유스터스 씨가 나를 물끄러미 쳐다보며 물었다.

나는 입술을 깨물었다. 음악이 들렸다. 유스터스 씨 등 뒤로 보이는 복도에는 책이 가지런히 꽂혀 있었다.

"죄송해요. 잘못했어요."

내가 말했다.

"그래. 네가 잘못한 거야."

유스터스 씨가 말했다.

나는 바보 멍청이가 된 기분이었다.

"얘는 클라우스 포겔이에요. 작가이자 축구 선수이자 가수예요."

내가 말했다.

"그렇다면 이 아이는 깨어 있는 사람이겠구나. 네가 이 아이한테 배울 게 있을 거야."

유스터스 씨가 말했다.

나는 고개를 끄덕였다. 내가 클라우스를 데리고 발길을 돌리려고 할 때 유스터스 씨가 말했다.

"안으로 들어와."

클라우스와 나는 유스터스 씨를 따라 집 안으로 들어갔다. 어디에나 책이 있었다. 거실 책상 위에는 공책이 펼쳐져 있었는데, 그 위에는 뚜껑이 열린 만년필이 있었다. 모양으로 봐서는 시를 쓰고 있었던 것 같다.

유스터스 씨는 창가에 서서 다 타 버린 생울타리를 가리켰다.

"세상이 저렇게 됐으면 좋겠니?"

유스터스 씨가 나한테 물었다.

"아니요."

내가 대답했다.

"그래. 아니지."

유스터스 씨가 말했다.

유스터스 씨는 차를 끓여 왔다. 무화과 쿠키와 조각 케이크도 내왔다. 그는 클라우스와 독일어로 몇 마디 나누었고, 클라우스는 기뻐서 숨을 헐떡이며 말했다. 잠시 후 유스터스 씨가 전축에 다른 음반을 올려놓았다. 오페라였다. 높고 감미로운 목소리가 집 안에 가득했다.

"모차르트!"

클라우스가 말했다.

"그래."

유스터스 씨가 말했다.

클라우스도 따라 부르기 시작했다. 클라우스의 목소리가 울려 퍼졌다. 유스터스 씨가 눈을 감은 채 미소를 지었다.

제1조

모든 사람은 태어날 때부터 자유롭고 평등하다. 모든 사람은 각자의 생각과 견해를 갖는다. 모든 사람은 서로를 동등하게 대해야 한다.

학교 노예

테레사 브레슬린 Theresa Brestin

현재 스코틀랜드에 거주하고 있다. 30여 권의 어린
이 및 청소년 작품을 발표했으며, 평단의 인정을 받
는 작가이다. 대부분의 작품이 수상 후보 명단에 올랐
는데, 소설 《묘지의 속삭임》으로 카네기 상을 수상했
다. 그녀의 작품은 20개 이상의 언어로 번역되었으며,
텔레비전 영화와 라디오 방송으로 제작되기도 했다.
그녀와 그녀의 작품에 대해 더 알고 싶으면 www.
theresabreslin.com을 참조.

라이언은 월요일에 학교 가는 게 끔찍이도 싫었다. 월요일마다 보조 선생님과 함께 보충 수업을 하기 때문이다. 쉬는 시간 전에 수학을 하고, 점심시간이 끝난 뒤에는 영어를 한다. 라이언은 수학도 영어도 다 싫었다. 숫자를 보면 골치가 아프고, 영어 단어만 보면 눈이 쑤셨다.

　라이언은 눈을 가늘게 뜨고 아침 햇살을 바라보았다. 운하 옆의 나무들과 물가 수풀에 햇살이 쏟아졌다. 막 싹이 트고 있었다. 철새가 돌아오는 매력적인 때였다. 라이언은 어슬렁거리며 돌아다니는 걸 좋아했다. 가끔 시간이 얼마나 흘렀는지 알아차리지 못하기도 하지만 말이다. 운하의 배를 끄는 길옆에는 커다란 백조들이 보금자리를 마련하고 있었다. 지난봄에 라이언은 우아한 백조들이 둥지 만드는 걸 구경하다가 못해도 여섯 번은 지각했다. 백조들은 올봄에 돌아와 지난봄에 지은 보금자리에 다시 둥지를 틀고 있는지도 몰랐다. 라이언은 학교에 가서 쓸데없이 수학과 영어를 공부하느니 백조나 구경하는 게 더 나을 것 같았다.

라이언은 화가 치밀었다. 원하지 않는 공부를 해야만 한다. 학교에서. 그것도 매일. 그건 노예나 하는 짓이다. 라이언은 노예였다.

라이언은 길 위의 돌을 걷어찼다. 돌은 허공을 가로질러 물보라를 일으키며 운하에 빠졌다. 돌 때문에 물결이 일며 커다란 원이 생기자 물 한가운데에 떠 있던 플라스틱 테이크아웃 용기가 흔들렸다. 용기는 거의 뒤집어질 뻔했다. 라이언은 운하에 플라스틱 제품을 버리는 사람들이 싫었다. 왜가리가 갈대밭에서 쇼핑백 안에 죽어 있는 걸 본 적이 있기 때문이다.

라이언은 더 큰 돌을 집어 들고 플라스틱 용기를 향해 높이 원을 그리듯 던져 가라앉히려고 했다. 돌은 목표물을 빗나갔지만 물보라가 이는 바람에 플라스틱 용기가 방향을 돌려 제방으로 향했다. 라이언은 막대기를 집어 들고 플라스틱 용기를 끌어당겼다. 그 안에는 붉은 천 조각이 깔려 있었다. 그리고 천에는 누군가 갈겨쓴 글씨가 보였다.

― 도와주세요.

라이언이 놀라서 글자를 빤히 쳐다보았다. 천을 꺼내서 주름을 폈다. 다른 표시는 없었다. 굵은 갈색 글씨로 딱 한마디만 적혀 있었다.

― 도와주세요.

누군가 장난을 친 게 틀림없어. 라이언은 천을 구겨 호주머니에 쑤셔넣었다. 천을 학교에 가져가면 친구들이 생각해 낸 멍청한 이유를 들으며 한바탕 웃을 수 있을 것이다. 라이언은 손목시계를 흘긋 보았다.

서두르지 않으면 또 지각을 하고 말 것이다. 라이언이 방과 후 학교에
한 번 더 남게 되면, 엄마가 불같이 화를 낼 것이다.

라이언은 하루 종일 학교생활에 시달리는 바람에 테이크아웃 용기
에 들어 있던 메시지를 까맣게 잊고 있었다. 집으로 돌아오다 운하 옆
을 지나칠 때가 되어서야 그 메시지를 떠올렸다. 라이언은 호주머니
에서 붉은 천 조각을 꺼내 다시 살펴보았다. 글자는 거의 지워졌다.
갈색 글자는 가루투성이가 되어 벗겨졌다. 라이언은 글자에 손가락을
갖다 대 보고 나서야 그게 바싹 마른 진흙이라는 걸 알았다. 글씨를
쓴 사람이 손가락을 진흙에 담갔다가 메시지를 적은 것 같았다. 누가
이런 정신 나간 짓을 했을까?

라이언은 운하의 이쪽 편을 훤히 알고 있었다. 거의 매일 이 길로
학교를 오갔다. 날씨가 한동안 건조했기 때문에 진흙이 있을 때가 아
니었다. 하지만 오늘 아침에 천 조각을 발견했을 때는 글자를 쓴 지
얼마 되지 않아 보였다. 테이크아웃 용기가 어디서 온 걸까?

라이언은 얼굴을 찡그렸다. 운하는 엄밀히 말해서 강이 아니었다.
하지만 운하의 물도 강물처럼 어떤 식으로든 흐르긴 했다. 테이크아
웃 용기는 상류에서 하류로 흘러왔을 것이다. 그렇다면 라이언의 집
위쪽 상류에서 운하로 던진 게 틀림없었다. 잠시 후, 라이언은 마을
가장자리 바로 뒤를 흐르는 물줄기를 떠올렸다. 버려진 보트 수리소
를 지나 마을 한쪽 끝으로 흘러가는 물이 호를 그리듯이 움직였다.

'거기라면 진흙이 있을 거야. 축축한 진흙이.'

라이언은 생각했다.

휴대 전화로 시간을 확인한 뒤 엄마한테 문자를 보냈다.

— 조금 늦음.

그곳까지 뛰어가는 데 5분 넘게 걸리고, 주위를 훑어보는 데 3, 4분이 더 걸릴 것이다. 라이언은 평소보다 15분쯤 늦게 도착할 것이다. 엄마도 15분이라면 별 걱정을 하지 않을 것이다.

라이언은 보트 수리소를 향해 운하 옆으로 달렸다. 그곳에서 배를 끄는 길이 방향을 바꿔 운하에서 큰길로 이어졌다. 훨씬 아래쪽으로 내려가면 사용하지 않는 보트 수리소 출입문이 나오는데, 문에는 해골에 두 개의 대퇴골이 엇갈려 있는 간판에다 출입 금지 표지판이 붙어 있었다. 아무도 안으로 들어갈 수 없었다. 비탈 밑부분에는 꼭대기까지 철조망이 쳐진 높고 튼튼한 울타리가 자리 잡고 있었다. 울타리 안쪽에는 쐐기풀과 가시나무 수풀이 빽빽하게 얽혀 있었다. 또 창문이 판자로 막혀 있어 옛날 보트 수리소의 부서진 건물 안을 들여다보기 힘들었다.

라이언은 비탈길을 타고 내려가 울타리를 일일이 조사했다. 들어갈 곳은 없었다. 주위에 아무도 없고, 눈에 띄는 것도 없었다. 하지만 제대로 들어맞지 않는 게 있었다. 그게 뭐지? 선생님은 라이언이 수업 시간에 집중하지 않는다고 늘 말했다. 하지만 이런 문제는 그냥 넘기려고 하지 않았다. 라이언은 잘못된 게 무엇인지 알아내려고 골똘히 생각했다. 보트 수리소는 조용했다. 라이언은 더 꼼꼼하게 수리소를 살폈다. 마침내 침묵이 의미하는 게 뭔지 깨달았다. 새가 없다는 것이다. 여기는 새가 둥지를 틀기에 더할 나위 없이 좋은 곳이다. 하지만 낮은 지붕 근처에서 날갯짓을 하고 있는 새는 한 마리도 없었다. 왜 그럴까?

그때 휴대 전화가 삐이 하고 울렸다. 엄마가 문자 메시지 답장을 보낸 것이다.

— 왜 늦어? 뭘 하는데?

라이언이 얼굴을 찡그렸다. 엄마는 라이언이 학교 다니는 걸 얼마나 싫어하는지 알고 있었다. 또 라이언이 공부를 제대로 하지 않고 얼마나 자주 말썽을 피우는지도 알고 있었다. 엄마는 분명히 라이언이 벌로 방과 후에 남아 있는 거라고 생각할 것이다. 라이언은 재빨리 답장을 보내려 했다. 엄지손가락으로 '전송' 버튼을 누르려는 순간, 철조망이 쳐진 울타리 맞은편에서 움직이는 물체를 발견했다. 라이언은 고개를 번쩍 들었다. 기다란 스카프가 판자로 두른 창문의 틈새로 삐져나왔다.

선홍색 스카프였다.

심장이 요동치기 시작했다. 라이언은 선홍색 스카프를 호주머니에 집어넣었다. 메시지를 쓴 사람과 같은 인물임이 틀림없었다. 라이언의 주의를 끌려고 한 일이었다.

하지만 왜? 보트 수리소 안에 유괴된 아이라도 있는 걸까? 이 마을에서는 좀처럼 흥미로운 사건이 일어난 적이 없다. 라이언은 경찰한테 신고해 봐야 소용없을 거라는 결론을 내렸다. 경찰은 라이언 목소리가 어리다는 걸 금방 알아차리고, 장난 전화라고 생각할 것이다. 라이언은 친구들이 휴대 전화로 자동차 사고를 신고했지만, 아무도 믿으려 하지 않았다는 이야기를 들은 적이 있었다. 그리고 실제로 낡은 보트 수리소 안에서 누군가 빈둥거리고 있는 거라면 라이언의 신고는 웃음거리가 되고 말 것이다. 경찰은 라이언의 휴대 전화를 추적해 장난 전화를 했다는 이유만으로 연행할지도 모르는 일이다.

하지만 확실하지도 않은데 그냥 내버려 두고 떠날 수도 없었다.

라이언은 손에 쥐고 있던 휴대 전화를 바라보았다. 보트 수리소 안으로 들어가 살펴보려면 15분 이상 걸릴 것이다. 그 안을 철저하게 조사하는 데 필요한 시간을 벌려면 엄마한테 변명을 해야만 했다.

휴대 전화가 다시 울렸다.

— 방과 후 벌을 서는 거니?

엄마가 완벽한 변명을 생각해 낸 셈이었다. 라이언은 답신을 보냈다.

— 예. 한 시간 후에 갈게요.

라이언이 기다렸다. 엄마가 무슨 말을 하려는지 알고 있었다. 예상대로 지체 없이 휴대 전화가 울렸다.

— 너 외출 금지야.

라이언은 휴대 전화를 호주머니에 찔러 넣었다.

첫 번째 문제는 철조망을 통과하는 방법을 찾아내는 것이다. 울타리는 보트 수리소를 빙 둘러 양쪽의 낡은 돌 안벽에 직접 연결되어 있었다. 라이언은 물가의 운하 제방에 쭈그리고 앉아 울타리를 자세히 살폈다. 심호흡을 했다. 아래쪽에는 안벽을 따라 폭이 좁은 턱이 나와 있었는데, 한 사람이 걸어가기에는 충분했다. 턱을 따라가면 보트 수리소 문이 나오는데, 문은 후미(바다의 일부가 육지 속에 깊숙이 들어간 곳 / 옮긴이)의 바닷물로 직접 연결되었다.

라이언은 책가방을 제방 위에 내던지고 턱으로 내려갔다. 조금씩 걸음을 옮겨 보트 수리소 문까지 다가갔다. 문은 기다란 금속 빗장과 육중한 맹꽁이자물쇠로 잠겨 있었다. 자물쇠는 새 거였고, 밖에서 잠겨 있었다.

보트 수리소 안에 사람이 있다면 죄수일 것이다. 정말 죄수라는 게 아니라 안에 갇혀 있는 게 분명했다. 갖가지 생각이 뒤죽박죽 머릿속을 스쳐 갔다. 누군가 지붕에서 놀다가 지붕이 무너져 상처를 입었는데, 지붕으로 다시 올라가지도 못하고 휴대 전화가 없어 연락을 못하는 것일 수도 있다. 바로 그거였다. 그리고 보트 수리소는 운하의 배를 끄는 길에서 너무 멀기 때문에 도와 달라는 소리가 들리지 않았을 것이다.

라이언이 문을 살펴보았다. 바닥에 틈이 있었다. 테이크아웃 용기를 물로 밀어 넣어 운하 쪽으로 흘려보낼 수 있을 정도로 넓었다. 문에 귀를 갖다 댔다.

아무 소리도 들리지 않았다.

"여보세요?"

라이언이 소리쳤다.

허둥지둥 도망가는 소리가 들렸다. 라이언은 쥐들이 내는 소리일 거라고 생각했다. 이빨이 날카로운 커다란 쥐. 라이언은 선홍색 스카프를 떠올렸다. 도움을 청한 사람이 누구인지 밝히지 못하고 집으로 돌아갈 거라면 이렇게 멀리까지 오지 않았을 것이다.

라이언은 보트 수리소를 에워싼 무성한 수풀을 헤치고 널빤지를 두른 창문 틈 사이로 선홍색 스카프가 펄럭이던 곳으로 갔다. 스카프는 없었지만 틈으로 안을 들여다볼 수 있었다.

라이언이 창문 틈에 눈을 갖다 댔다.

안에서 다른 사람이 라이언을 바라보았다.

라이언이 소리치며 뒷걸음질했다. 동시에 나무 널빤지 맞은편에서 여자아이의 비명이 들렸다.

"미안."

라이언이 마음을 가라앉힌 뒤 소리쳤다.

"미안."

라이언이 다시 말했다.

"도와 달라는 네 메시지 봤어. 창문에 있던 선홍색 스카프도 봤고."

라이언은 대답이 없자 덧붙여 말했다.

"내가 본 남자아이가 너 맞니?"

여자아이가 속삭이듯 말했다.

"그래, 그게 나야. 너는 누구니?"

라이언이 물었다.

"너는 남자아이니? 맞니?"

여자아이의 목소리는 잔뜩 겁에 질려 있었다. 여자아이는 영어를 잘 못하는 것 같았다.

"그래, 난 남자아이야. 어떻게 하다 거기 갇혔니?"

라이언이 물었다.

"나가고 싶어. 나가고 싶어."

"알았어. 알았어."

라이언은 주위를 둘러보았다. 그는 단단한 막대기를 집어 창문 틈 사이로 밀어 넣었다.

"한쪽으로 물러나 있어!"

라이언이 소리쳤다.

라이언은 나무가 쪼개져 창문 틈이 벌어질 때까지 막대기를 판자에 밀어 넣고 힘을 주었다. 한 발을 벽에 대고 판자 모서리를 잡은 뒤 힘껏 잡아당겼다. 판자가 비틀리고 찢어지는 소리가 나는가 싶더니 접합면이 부서졌다.

라이언 눈앞에 열 살쯤 되어 보이는 여자아이가 서 있었다.

"이리 와. 내가 꺼내 줄게."

라이언이 말했다.

"다른 사람들도."

여자아이가 잠시 라이언을 쳐다본 뒤 천천히 말했다.

라이언이 눈을 동그랗게 떴다.

"다른 사람들이라니?"

"다른 사람들."

"너 말고 다른 사람들이 있니?"

여자아이가 고개를 끄덕였다.

"그러면 왜 사람들끼리 힘을 모아 널빤지를 부수지 않았니?"

여자아이는 라이언을 전적으로 믿을 수는 없다는 듯 아무런 말없이 지켜보았다.

라이언이 손짓을 했다.

"이리 나와. 모두 나오라고."

라이언이 재촉했다.

여자아이는 머리를 가로저은 뒤 라이언한테 손짓을 했다.

"들어와. 도와줘. 아이들."

여자아이는 손으로 자기보다 작은 사람을 나타냈다.

"꼬마아이 말하는 거니?"

라이언이 놀라서 말했다.

여자아이가 고개를 끄덕였다.

라이언은 망설였다. 보트 수리소 안에서는 라이언이 알지 못하는 일이 벌어지고 있었다. 라이언은 그 일이 걱정스러워지기 시작했다.

갑자기 소음이 들려 왔다. 배를 끄는 길 너머 큰길 근처에서 들리는 소리였다. 밴의 문이 쾅 하고 닫히는 소리였다.

여자아이는 손으로 입을 막으며 신음을 냈다. 그냥 두려워하는 정도가 아니었다. 얼굴에는 정말 공포가 가득했다.

"어서 가. 너를 해칠 거야."

여자아이가 라이언한테 다급히 말했다.

라이언은 뒤쪽과 위쪽을 흘긋 쳐다보았다. 하지만 큰길은 보이지 않았다.

"누구 말하는 거니?"

"나쁜 사람."

여자아이는 흥분해서 라이언을 손바닥으로 찰싹 때렸다.

"가! 가!"

여자아이는 보트 수리소의 어둠 속으로 달아났다.

라이언은 휴대 전화를 꺼냈다. 신고를 해야만 했다. 하지만 여전히 똑같은 문제가 남아 있었다. 경찰이 라이언의 말을 믿지 않으면 어떻게 되는 걸까? 엄마한테 전화를 한다고 해도 이 모든 걸 설명하려면 시간이 너무 오래 걸릴 것이다. 엄마가 라이언이 벌로 방과 후 학교에 남았다고 한 게 거짓말이란 걸 알고 비명을 질러 대다 멈출 때쯤이면 너무 늦을 것이다. 누군지 모르지만 남자가 보트 수리소에 도착할 것이다. 라이언은 자신이 어떤 행동을 취해야 한다는 걸 알았다. 과감한 조치가 필요했다.

라이언은 떨리는 손가락으로 문자를 찍은 뒤 '전송' 버튼을 눌렀다. 그리고 일부러 휴대 전화의 전원 스위치를 눌러 껐다. 그러고는 근처 수풀에 몸을 숨기기로 작정했다. 하지만 책가방을 울타리 옆 제방 위에 놓고 온 게 생각났다. 남자가 운하에 도착하면 책가방을 보게 될 것이다.

라이언은 안벽의 턱을 따라 최대한 빨리 뛰어갔다. 라이언은 남자가 배를 끄는 길에서 기어 내려오는 순간에 책가방을 집어 들고 나무 뒤로 몸을 숨겼다. 라이언은 남자가 1미터 앞으로 지나는 걸 보면서 숨을 죽였다. 뛸 때는 긴장하느라 몰랐지만 한 가지 생각이 떠올랐다.

남자가 보트 수리소 문을 열 때 누군가 그곳에 왔었다는 걸 알아차릴 것이다. 그리고 창문에서 판자가 떨어진 걸 보게 될 것이고. 남자가 그걸 발견했을 때 여자아이한테 무슨 짓을 할까? 남자는 지원군이 도착하기 전에 여자아이와 안에 있는 아이들을 밴에 태우고 도망칠 것이다. 아니면 더 끔찍한 짓을 저지를 수도 있다.

라이언은 등골이 오싹했다.

"실례합니다."

"뭐야?"

남자가 고개를 돌렸다. 남자는 돌로 된 턱에 올라가려 몸을 구부리던 참이었다.

"실례합니다."

라이언은 너무 무서워 새된 목소리로 말했다.

"왜 그러는데? 여기서 뭘 하는 거야?"

남자가 다그쳐 물었다.

"백조를 찾고 있어요."

라이언은 머리에 떠오르는 대로 말했다.

"백조?"

남자가 라이언의 말을 되풀이했다.

"예."

라이언이 정신없이 대답했다. 라이언은 재빨리 상황을 판단하려고 했다. 지원군이 온다고 해도 마을 맞은편 끝에서 와야만 했다. 그곳에서 여기까지는 교통 신호등이 세 개나 있었다. 신호등이 모두 빨간불이라면? 신호등마다 1분씩 기다리고, 신호등 사이를 달릴 때 또 1분씩 걸리니까, 3 곱하기 2는 6. 즉, 지원군이 도착할 때까지 최소한 6분이 걸린다는 뜻이다. 라이언은 6분 동안 이야기하며 남자를 붙잡고 있어야 했다.

"여긴 백조 따위 없어. 더 올라가 봐."

남자가 단호하게 말했다.

라이언은 웃으려고 했지만 잘 안 되었다. 라이언은 책가방 지퍼를 열고 공책을 꺼냈다.

"저는 자연 연구를 하고 있어요. 그러니까……."

"꺼져!"

남자가 퉁명스럽게 말했다.

"하지만 정말 이 숙제를 해야 돼요."

라이언이 신경질적으로 말했다.

"당장 꺼져!"

남자는 비틀거리며 뒷걸음치는 라이언 쪽으로 걸어왔다. 남자는 손을 들어 올리다 사이렌 소리를 듣고는 멈췄다. 밴시(아일랜드 민화에 나오는 요정으로, 구슬픈 울음소리로 가족 중 누군가가 곧 죽게 될 것임을 알려 줌 / 옮긴이)가 발작하듯 우는 것처럼 공기를 가르며 날카롭게 울려 퍼지는 소방차 사이렌 소리가 아주 또렷하게 들렸다.

라이언이 안도하며 소리쳤다.

"6분이 채 안 걸렸어. 소방차는 빨간불이 켜져도 통과할 수 있다는 걸 깜박했어."

라이언이 목소리를 높였다.

엄마가 쓰러질 듯 뒤뚱거리며 비탈길을 내려왔다.

"라이언! 라이언! 괜찮니? 불이 어디서 난 거니?"

엄마가 목청껏 소리쳤다.

"불이라고?"

남자가 라이언을 쳐다보았다.

"불은 안 났어요."

라이언이 털어놓았다.

"불이 안 났다고?"

남자가 라이언의 말을 되풀이했다.

"네가 낡은 보트 수리소에 불이 났는데, 안에 누가 갇혀 있다고 소방서에 신고하라고 문자 보냈잖니?"

엄마가 불같이 화를 내며 라이언한테 말했다.

남자는 라이언 얼굴에서 보트 수리소로 눈길을 돌렸다가, 다시 라이언 얼굴을 바라보았다. 남자는 허둥대며 큰길 쪽으로 이어진 비탈을 오르기 시작했다. 하지만 라이언과 엄마 쪽으로 성큼성큼 내려오던 소방서장이 남자를 가로막았다. 남자는 소방서장을 피해 도망치려 했지만 이번에는 바로 뒤따라오던 소방관들 때문에 길이 막히고 말았다. 소방관 한 명이 남자의 팔을 꽉 잡고 있는 동안 나머지 소방관들이 보트 수리소 출입문 쪽으로 달려갔다.

"불 안 났어요."

라이언이 입을 열었다.

"불이 안 났다고?"

소방서장이 라이언을 째려보며 말했다.

"소방서에 장난 전화를 거는 건 중범죄인데."

소방서장이 말했다.

"하지만⋯⋯."

라이언이 말했다.

엄마가 고개를 가로저었다.

"네가 불타는 보트 수리소 안에 있는 줄 알았어. 구조의 손길을 간절히 기다리고 있을 거라고 생각했다고."

엄마가 흐느껴 울면서 말했다.

"내가 아니라 저 아이들."

라이언이 손가락으로 보트 수리소를 가리키며 말했다.

소방관들이 도끼로 보트 수리소의 출입문을 부수고 연 뒤, 가장 가까운 창문의 판지를 잘라 냈다. 그 안에는 어린아이들이 모여 있었다.

"이 아이들은 노예 노동을 해 왔던 것으로 생각됩니다. 보트 수리소 내부를 의류 생산 공장으로 개조했더군요. 아이들을 이렇게 착취하는 건 구역질 나는 짓입니다."

잠시 후, 소방서장이 라이언과 엄마한테 말했다.

라이언은 엄마와 함께 경찰과 긴급 의료원, 그리고 아동 보호관을 기다리며 보트 수리소까지 오게 된 내력을 설명했다. 아이들은 담요를 두른 채 보트 수리소를 빠져나왔다. 아동 보호관이 라이언 일행에게 다가와, 신고를 한 라이언한테 고맙다고 말했다.

"경찰이 이곳 상황을 면밀하게 조사할 것입니다. 난민이 무자비한 폭력배의 두목한테 빚을 지게 될 경우, 그 난민의 자식을 데려다 월급도 주지 않고 일을 시키는 경우가 있지요."

아동 보호관이 말했다.

라이언은 소방관이 아이들을 데리고 지나가도록 길을 비켜 주었다.

"아주 어린아이도 있어요."

소방관이 말했다.

"겨우 걸음마를 하는 아이예요. 어떻게 아이들한테 저렇게 잔인한 짓을 할 수 있을까요?"

엄마가 맞장구를 쳤다.

"이건 큰 사업이에요. 조직범죄 집단이 제3세계 국가의 부모들에게 교육도 시켜 주고 돈도 벌게 해 주겠다고 약속하며 아이들을 매수하지요. 그 가운데는 영국으로 팔려 와 사람들 눈에 안 띄는 이런 외딴 곳에 갇혀 지내는 아이들도 있는 거죠. 라이언 덕분에 이 운 좋은 아이들은 정상적인 생활을 하며 교육을 받을 수 있게 됐어요."

아동 보호관이 말했다.

"우리 아들이 정말 자랑스러워요."

엄마가 말했다.

"라이언, 네가 아주 자랑스럽구나. 공상에 잠기기 일쑤였던 네가 행동으로 보여 줬잖니? 신속하게 아이들을 구출할 수 있는 최선의 방법을 찾아냈어."

엄마가 이를 보이며 씩 웃었다.

"선생님과 친구들한테 이 일을 자랑할 수도 있어. 네가 아이들을 구조해 매일 학교에 다닐 수 있게 되었다고 말이야."

엄마가 말했다.

"그럴게요."

라이언이 웃으며 말했다.

"그럴게요."

라이언은 정말 그렇게 할 작정이었다.

제4조

어느 누구도 우리를 노예로 삼을 수 없다. 우리도 다른 사람을 노예로 만들 수 없다

제26조

모든 사람은 교육받을 권리가 있으며, 무상으로 초등 교육을 마칠 권리가 있다. 모든 사람은 직업 교육을 받고 재능을 발휘할 권리가 있다. 모든 사람은 국제 연합에 대해 배우고 다른 사람들과 어울리고 서로의 권리를 존중하는 법을 배워야 한다. 부모는 자신의 자녀가 어떤 교육을 어떻게 받을지 선택할 권리가 있다.

정말이에요!

사라 무시 Sarah Mussi

영국왕립예술학교를 졸업한 뒤 아프리카로 갔다. 나이지리아의 대학에 입학한 뒤 카메룬에서 살면서 가나에서 아이들을 키웠다. 현재는 영국 런던에 살고 있으며, 《The Door of No Return》과 《The Last of the Warrior Kings》 두 편의 청소년 소설을 발표했다. 그녀는 세계인권선언 제7조를 토대로 이야기를 썼는데, '권력과 편견의 우스꽝스러운 모습'과 '영국인의 이중 잣대에 대한 장난기가 있는 비판'을 언급했다고 한다.

검찰

R. v. 프로메테우스 프렘프

기소

이너 런던 형사 법원,

여왕 대 프로메테우스 프렘프,

프로메테우스 프렘프의 기소 내용은 다음과 같다.

범죄 진술

주거 침입, 절도죄(1968년) 9조 1항 b 위반

범죄 상세 내역

프로메테우스 프렘프는 2009년 1월 17일, 런던 타워에 무단 침입해 왕실 보석을 훔치려 했음.

법원 직원
URN : 09 MM 4536 05

녹취록

면담 대상자 성명 : 프로메테우스 프렘프

(경찰 증거 서류 번호 : UY/3T)

면담 대상자 연령 : 11세 2개월

국적 : 가나

면담 장소 : 경찰서 제7부

분량 : 11쪽

면담 일 : 2009년 1월 17일

개시 시각 : 오후 6시 34분

면담 담당 선임 경관 서명 : *C. B. Harrison*

면담 경관 : 해리슨 경장, 젠킨스 순경

기타 참석자 : 플린 양(사회 복지사)

정말이에요!

면담 대상자에게 주의 사항을 설명했고,
면담 대상자가 그 내용을 충분히 이해하였음.

발언자 : 내용

해리슨 경장 : 우리는 이 면담 내용을 녹음하고 있고, 나중에 재생할 수 있어. 그리고 네가 진술하는 내용을 녹취해 장차 증거로 사용할 수도 있고. 무슨 말인지 알겠어?

프렘프 : 예.

해리슨 경장 : 네가 체포 당시에 여왕 폐하의 왕실 보석을 몸에 지니고 있던 이유를 설명해 봐.

프렘프 : 예.

해리슨 경장 : 좋아. 말해.

프렘프 : 예, 경관님. 우리는 잼버리 대회에 참가하고 있었어요. 그러니까 가나 순찰 5지구대 브롱아하포 주 소속 쿠마시 보이 스카우트 대원으로 런던에서 열리는 세계 잼버리 대회에 참가한 거죠. 저는 영국이 처음이어서 무척 흥분되고 기뻤어요. 영국에 와서 잘 지냈고요. 하루에 한 가지씩 착한 일을 했어요. 그리고 런던 타워로 소풍을 갔어요. 그건 보상 같은 거였어요. 우리가 말을 잘 들으면 상을 주기로 했거든요. 저는 구슬 놀이를 하곤 했어요. 그런데 보이 스카우트 대장인 아케암퐁 선생님이 보이 스카우트 활동을 하러 외출할 때는 구슬 놀이는 하지 말라고 했어요. 보이 스카우트 대원이 그런 놀이를 하면 안

된다고요. 하지만 저는 보이 스카우트 대원이 구슬 놀이를 하면 안 되는 이유를 모르겠어요. 제가 말하는 게 무슨 뜻인지 아시죠?

해리슨 경장: 아니, 무슨 뜻인지 모르겠는데. 하지만 그건 중요하지 않아. 보석관에 어떻게 들어갔는지 얘기해 봐.

프렘프: 그럼 아케암퐁 선생님한테는 이르지 마세요. 있잖아요, 제가 구슬을 가지고 놀고 있었다는 걸 들키고 싶지 않으니까요. 이번에 들키면 벌써 아홉 번짼데, 열 번 걸리면 나머지 여행 기간 동안 구슬을 돌려주지 않을 거라고 하셨거든요. 경관님, 다른 아이들은 저를 비웃었어요. 걔들은 구슬을 가지고 얼마나 많은 걸 할 수 있는지 몰라요. 그리고 저는 보이 스카우트가 된 지 얼마 안 됐어요. 열한 살 때부터 시작했으니까요. 첫 번째 휘장을 받고 싶어요. 사고 예방 공익 활동 휘장이요. 하지만 아케암퐁 선생님이 제가 구슬 놀이를 한 걸 알게 된다면…….

해리슨 경장: 네 구슬이나 휘장에는 관심 없어. 묻는 말에만 대답했으면 좋겠다.

프렘프: 경관님, 제가 곤경에 처한 거죠? 저는 그럴 생각이 전혀 없었어요. 로버트 바덴 파월 경의 명예를 더럽히고 싶지 않아요. 경관님, 바덴 파월 경은 보이 스카우트를 처음 만드신 분이에요. 귀족이기도 하고요. 참, 그분이 가나를 방문하셨다는 것 아시죠?

해리슨 경장: 몰랐는데.

프렘프: 그분이 가나에 오셨어요. 아주 오래전에 대규모 군대를 이끌고 와서 쿠마시를 공격했어요. 몇 백 년은 지났을 거예요. 바덴 파월

경이 공격한 걸 보면 쿠마시 사람들은 나빴던 것 같아요.

해리슨 경장 : 그건 상관없는 이야기야. 네가 체포된 사건에 관한 이야기나 계속해 볼래?

프렘프 : 네, 그럴게요. 제가 제일 아끼는 롤러보이라는 구슬이 통로 옆으로 굴러갔어요. 저는 팔을 뻗어 구슬을 집으려고 했어요. 하지만 아케암퐁 선생님이 보고 계셔서 그럴 수 없었어요. 구슬은 커다란 나무 문 밑으로 굴러갔어요. 너무 걱정이 됐어요. 롤러보이는 제가 제일 아끼는 구슬이고, 크와쿠한테서 손에 넣은 거니까요. 걔는 제 친구인데, 저처럼 구슬을 좋아해요. 크와쿠는 포켓몬 구슬을 모두 모았는데, 저한테서 롤러보이를 다시 찾아 가려고 애쓰고 있어요.

해리슨 경장 : 네가 체포된 사건에 관한 얘기나 계속해 보라니까.

플린 양 : 제발 상냥하게 말씀해 주세요. 이 아이는 열한 살밖에 안 된 데다 낯선 나라에 와 있으니까요.

프렘프 : 아케암퐁 선생님이 앞으로 걸어가는 틈을 타 되돌아가서 문을 열었어요. 그랬더니 문이 조금 열렸어요. 그러자 독수리 한 마리가 날개를 치며 나한테 날아왔어요.

젠킨스 순경 : 갈가마귀겠지.

프렘프 : 경관님, 저는 무서웠어요. 어쨌든 저는 롤러보이를 주우러 갔고, 독수리가 들어오지 못하게 하려고 애썼어요. 그래서 문을 닫았는데, 짤까닥 소리가 나면서 잠겼어요. 문이 잠기는 바람에 열 수 없었던 거죠. 그래서 그 안에 갇히고 말았어요. 전등 스위치를 발견할 때까지 무서움에 떨었죠. 하지만 제가 있는 곳이 청소부의 벽장이라는

걸 알고는 무서움이 좀 덜했어요. 그곳엔 빗자루와 다른 청소 도구가 가득했으니까요. 저는 롤러보이를 찾아서 제가 두 번째로 좋아하는 구슬인 하트투파이어 옆에 가지런히 놓았어요. 그런데 아케암퐁 선생님한테 전화를 할 수 없었어요. 제 휴대 전화에는 영국 칩이 들어 있지 않았거든요. 하지만 선생님이 제가 없는 걸 알아차리고 다시 돌아와 저를 꺼내 줄 거라고 생각했어요. 약간 걱정이 되기는 했어요. 팰리스를 닫을 시간이 다 되었거든요.

젠킨스 순경 : 팰리스가 아니라 타워.

해리슨 경장 : 진. 술. 을. 계. 속. 해.

프렘프 : 아케암퐁 선생님이 우리가 묵던 호텔로 돌아가기 전에 제가 없어진 걸 알아차리길 바랐어요. 그렇지 않았다가는 선생님이 미친 듯이 화를 낼 거고, 아이들은 눈알을 부라리며 "털어놔! 프렘프."라고 말할 게 뻔했으니까요. 선생님한테 롤러보이를 찾으러 갔다고 말할 수는 없어요. 그렇게 되면 제가 잘못한 걸 만회하기 위해 착한 일을 끔찍하게 많이 해야 될 거예요. 저는 정말 걱정이 되었어요.

해리슨 경장 : 나가서 소리 좀 지르고 오게 녹음기 잠깐 멈춰 봐.

플린 양 : 프렘프는 아직 어린아이예요.

해리슨 경장 : 런던 경찰청 공안부는 대답을 듣고 싶어 합니다. 국가 안전 보장이 훼손되었으니까요. 거리는 온통 파파라치로 넘쳐 나고, 아이들은 모두 이 애가 구슬 잃어버린 이야기를 하게 될 거라고요.

플린 양 : 글쎄요, 그런 것들 때문에 흥분하실 필요는 없을 것 같은데요.

프렘프 : 트래킹, 매듭짓기, 신호법 시간에 배운 내용을 떠올려 보려

고 애썼어요. 저는 모스 부호로 SOS를 쳤어요. 모스 부호 'O'는 기억하기 가장 힘든 부호 가운데 하나였는데, 그걸 기억해 낸 게 너무 기뻤어요. 하지만 오랫동안 아무도 나타나지 않았어요. 그리고 사실 'O' 다음으로 힘든 게 'F'라고 생각해요.

젠킨스 순경 : 애야, 누가 너를 꺼내 줬니?

프렘프 : 윈스턴 삼촌이요. 오수 씨 말이에요. 그분이 저를 꺼내 줬어요. 윈스턴 삼촌도 가나 출신이라는 걸 알게 됐어요. 삼촌도 저처럼 에지수에서 왔대요. 삼촌은 타워에서 경비원으로 일하는 것 같았어요. 삼촌을 쓰러뜨리려 했던 건 아니에요. 저도 삼촌의 머리가 빨리 낫기를 바라고 있어요. 바덴 파월 경은 모든 보이 스카우트 대원이 응급 처치를 할 줄 알아야 한다고 했는데, 저는 그러질 못했거든요. 사고 예방 휘장을 받는 중간 방학이 될 때까지 응급 처치 코스를 들을 수도 없을 거예요. 그래서 응급 처치 요령을 몰랐어요. 바덴 파월 경이 쿠마시를 공격할 때 많은 사람이 죽었기 때문에 응급 처치에 아주 엄격했던 것 같아요. 그리고 사람들이 그렇게 많이 죽은 건 아샨티 왕국 사람들이 응급 처치를 할 줄 몰랐기 때문인 것 같아요.

해리슨 경장 : 맞네, 프로메테우스 군.

프렘프 : 경관님, 프로미라고 불러 주세요. 아이들도 그렇게 부르거든요. 프로메테우스는 일요일 이름이고요.

젠킨스 순경 : 일요일 이름이라고?

프렘프 : 예, 일요일에 교회에서……

해리슨 경장 : 좋아, 프로미. 급한 문제로 돌아가 볼까?

플린 양 : 제발 좀 부드럽게.

프렘프 : 윈스턴 삼촌이 벽장문을 열었어요. 아저씨는 저를 보자마자 가나 말로 인사를 했어요. 삼촌은 단박에 제가 에지수에서 온 쿠마시 보이 스카우트 대원이라는 걸 알아차린 거죠. 경관님, 가나에서는 어른을 '삼촌'이라고 불러요. 그리고 '에테 센'이라고 하면, '에이'라고 대답하죠. 이 말의 뜻이 뭐냐 하면…….

해리슨 경장 : 프렘프. 급. 한. 문. 제.

프렘프 : 예, 경관님. 윈스턴 삼촌은 롤러보이와 하트투파이어를 보지 못했어요. 저는 다른 구슬을 계급에 따라 일렬로 늘어놓았어요. 저는 구슬을 보병대라고 불러요. 바덴 파월 경이 쿠마시로 진격할 때 인솔했던 보병대처럼 말이에요.

젠킨스 순경 : 그런데?

프렘프 : 윈스턴 삼촌이 미끄러졌어요. 구슬을 밟는 바람에 미끄러진 거예요. 그때 머리를 바닥에 부딪쳤죠.

플린 양 : 프로미, 걱정하지 마. 그건 사고였어. 오수 씨가 쓰러지면서 두개골이 골절되고 어깨 인대가 끊어진 건 네 잘못이 아니야. 오수 씨는 괜찮아질 거야. 그가 의식을 회복하면 면담을 할 거란다. 네가 사실대로 말했다는 걸 입증해 줄 거야.

플린 양이 프렘프를 안심시키는 동안 녹음이 중단되었다.
프렘프가 훌쩍거리며 울기 시작했다.

정말이에요!

해리슨 경장 : 이건 분명히 해 두자. 너는 오수 씨가 쓰러진 뒤 경호 장비를 챙겼어.

프렘프 : 저는 그저 윈스턴 삼촌을 도와줄 사람을 데려오고 싶었어요. 보석관의 모든 문을 열려던 건 아니에요.

해리슨 경장 : 어떻게 그걸 정확하게 해낼 수 있었지?

프렘프 : 경관님, 저는 도둑이나 살인자가 아니에요. 윈스턴 삼촌을 죽이려고 했던 게 아니라고요. 그리고 왕실 보석을 훔치려 했던 것도 아니에요. 그건 불법이에요. 맙소사. 애들이 최근에 제가 곤란한 지경에 빠질 거라고 늘 말했어요.

플린 양 : 프로미, 괜찮아. 경관님한테 네가 어떻게 보석관의 문을 모두 열고 하이테크 레이저 보안 시스템과 열 화상 경보 센서를 통과할 수 있었는지 말씀드리면 돼.

젠킨스 순경 : 제기랄.

프렘프 : 첫 번째 문은, 아마 그게 첫 번째 문이었을 거예요. 목소리가 나한테 질문을 했어요. '에테 센'이라고 하는 것 같아 '에이'라고 대답했죠. 그랬더니 '오에즈'라고 하는 비슷한 목소리가 들리더니 문이 열리더라고요. 그다음 문은 어떻게 통과했는지 잘 모르겠어요. 하지만 암호 숫자를 눌러 보고, 윈스턴 삼촌의 열쇠와 카드로 열었죠. 그랬더니 푸른 조명이 켜졌다 꺼졌다 했어요. 그건 어렵지 않았어요. 저는 아무것도 망가뜨리고 싶지 않았어요. 정말이에요.

해리슨 경장 : 내가 잘못 생각하는 게 있다면 말해 봐. 지금 네가 열 개의 보안 장벽을 전부 혼자 통과했다는 거냐?

프렘프: 예, 경관님. 바덴 파월 경이 보이 스카우트 단원은 항상 준비되어 있어야 한다고 했어요. 경관님, 제가 준비를 잘하고 있었다거나, 응급 처치 요령을 알고 있었다는 건 아니에요. 하지만 도움을 청하러 갈 마음의 준비는 돼 있었어요. 아케암퐁 선생님한테는 제가 준비되어 있지 않았다고 하지 마세요. 경관님, 말씀 안 하실 거죠?

해리슨 경장 : 그러니까 네가 영국을 통틀어 가장 견고한 요새를 혼자서 미끄러져 들어갔다는 거냐?

프렘프 : 미끄러진 게 아니라 걸어서 들어갔어요. 하지만 한 방에서 막힌 거죠.

해리슨 경장 : 그래? 놀라워. 정말 놀라워.

프렘프 : 경관님, 정말이에요. 앞으로 갈 수도, 그렇다고 돌아갈 수도 없었어요. 그래서 뭘 해야 할지 생각했어요. 저는 뭘 해야 할지 모를 때는 구슬을 가지고 놀곤 했어요. 다른 아이들은 그런 저를 비웃으며 플레이스테이션3 같은 걸 가지고 놀아야 한다고 했죠. 하지만 그런 게임기를 호주머니에 넣고 다닐 수는 없어요. 그래서 바닥에 구슬을 꺼내 놓고 조금씩 굴렸어요. 그런다고 해서 큰 문제가 될 거라고 생각하지는 않았죠. 갇혀 있을 때 구슬을 조금씩 굴리며 기다리는 일 같은 거 말이에요. 그런데 하트투파이어가 정말 멀리 굴러가서 그걸 따라갔죠. 배를 바닥에 깐 채 꿈틀거리며 나아갔어요. 그리고⋯⋯.

해리슨 경장 : 그러니까 네 말은 곁방의 모든 자외선 센서를 우회했다는 거지? 물체의 움직임이 감지되면 건물 전체의 문을 자동으로 잠그는 센서를 말이지? 바닥에 배를 깔고 꿈틀거리면서 나아갔기 때문에

정말이에요!

말이야.

프렘프 : 경관님, 제가 자외선 센서를 통과했다고요? 몰랐어요.

피고인 측 변호사인 오베 씨와 가나 고등 판무관 사무실
장관인 나르노 씨가 면담실로 들어왔다.

젠킨스 순경(귓속말로) : 정말 대단한 아이예요.

해리슨 경장(귓속말로) : 바보 같은 소리 하지 마. 저 아이 혼자 했을 리가
없어. 이 사건의 배후에 틀림없이 누군가 있어.

플린 양 : 프로미, 잘했어. 뭘 좀 마실래?

프렘프 : 예, 주세요.

플린 양이 방을 나간다.

해리슨 경장 : 자, 프렘프. 보석관에 들어간 뒤에 무슨 일이 벌어졌니?
어떻게 경찰관 세 명을 쓰러뜨리고, 네 번째 경찰관한테 중상을 입힌
거야?

오베 씨 : 당신은 지금 없는 말을 만들어 의뢰인을 몰아세우고 있어요.

프렘프 : 경관님, 그건 사고였어요. 보석관에 있을 때, 왕실 보석을 구
경하고 싶었어요. 바덴 파월 경도 코블러오모어(Cobbler-or-more, '코블
러 Cobbler'는 영국 비어로 '불알'이라는 뜻으로, 발음이 영국 왕실이 소장하고 있는 인도산 다
이아몬드인 '코이누르 Kohinoor'와 비슷하다는 점에 착안해 영국이 인도에서 강탈해 간 이 다

이아몬드를 풍자하고 조롱하는 의미로 사용 / 옮긴이)인가 하는 왕실 보석에 관심을 가졌다고 들었거든요. 그리고 가장 큰 보석이 구슬과 비슷했거든요.

젠킨스 순경 : 코이누르야.

프렘프 : 맞아요, 경관님.

젠킨스 순경 : 빛의 산이라는 뜻이지.

프렘프 : 하트투파이어처럼이요?

젠킨스 순경 : 내가 어린아이였을 때 갖고 놀던 구슬은…….

해리슨 경장 : 으흠!

젠킨스 순경 : 네가 계속 이야기하는 게 낫겠다.

프렘프 : 바덴 파월 경이 작위를 얻기 전에 휴가를 보내려고 가나에 온 적이 있어요. 그때 황금 의자 이야기를 들었겠죠. 바덴 파월 경은 친구들이 인도에서 코이누르를 손에 넣으려고 벌인 일과 같은 생각이 떠올랐어요. 바덴 파월 경의 생각은 왕실 보석에 황금 의자를 보태는 것이었어요. 황금 의자와 같은 보물을 손에 넣을 수 있다면 왕이 될 수 있는 거죠. 아샨티 왕국한테 황금 의자는 런던 타워에 있는 왕가 보석과 같은 것이었어요. 바덴 파월 경은 황금으로 만든 커다란 왕좌를 노리고 쿠마시를 침략했어요. 바덴 파월 경은 황금 의자를 손에 넣은 뒤 앉아 보고, 왕이 된 거죠.

해리슨 경장 : 아아!

프렘프 : 제가 왕이라면 도와드리고 싶어요. 그리고 보이 스카우트 휘장도 모두 받고 싶고요. 정찰자 휘장도요. 그건 받기가 굉장히 힘들거든요. 그리고 황금 의자에 앉아 보고 싶기도 하고요.

정말이에요!

해리슨 경장 : 제발 주제에서 벗어나지 좀 마라.

나르노 씨 : 바덴 파월은 황금 의자를 훔치려다 미수에 그쳤어요. 게다가 잔인하고 불법적으로 쿠마시를 습격한 건 비난받아 마땅해요. 그게 바로 저 아이가 말하려는 주제일 거예요.

오베 씨 : 그리고 제 의뢰인은 지속적인 방해를 받지 않고 이야기할 권리가 있어요.

프렘프 : 바덴 파월 경은 황금 의자를 손에 넣어 작위를 받고 싶어 했지만 아샨티 왕국 사람들은 그가 황금 의자에 앉을 기회를 주지 않았어요. 야 아산테와라는 나이 든 여자가 조직된 군사를 이끌고 바덴 파월 경의 군대와 맞서 싸웠어요. 야 아산테와는 황금 의자를 감췄지요. 바덴 파월 경은 쿠마시를 점령했지만 다른 황금 의자를 만들어야 했어요. 그리고 마침내 경의 작위를 받았죠.

플린 양이 코카콜라를 들고 면담실로 다시 들어온다.

프렘프 : 나도 정말 왕이 되고 싶어요.

프렘프는 짧은 휴식 시간을 갖는다.

해리슨 경장 : 다 쉬었으면 아까 그 화제를 이어서 말해 볼까?

프렘프 : 예, 경관님. 당연하죠. 간단해요. 왕가 보석을 봤을 때 로버트 바덴 파월 경이 저 대신 그 자리에 있었다면 어떻게 했을까, 하고 생

각했어요. 황금 의자를 가져가려고 했던 것처럼 왕가 보석을 가져갈 거라는 생각이 들었어요. 저는 훌륭한 보이 스카우트 대원이 되어 휘장을 아주 빨리 받고 싶었어요. 바덴 파월 경처럼 해야 한다는 생각을 했죠. 그래서 카드와 열쇠, 그리고 레이저 점멸 장치를 가지고 제가 할 수 있는 모든 짓을 다 했어요.

해리슨 경장 : 레이저 점멸 장치라고?

프렘프 : 예, 그건 윈스턴 삼촌의 호주머니에 있었어요. 삼촌을 도와줄 사람을 찾기 위해 빠져나오며 쓰려고 했어요.

해리슨 경장 : 윈스턴 삼촌 호주머니에서 꺼냈다고?

프렘프 : 꺼낸 건 아니에요. 삼촌이 바닥에 쓰러질 때 호주머니에서 빠져나왔어요. 그걸로 주위를 비추다 보니 가장 큰 왕관이 있는 방이 열리더라고요. 저는 약간 겁이 났어요. 하지만 왕관이 불꽃처럼 반짝거렸어요. 바덴 파월 경이 황금 의자에 앉고 싶어 했던 것처럼 저도 그 왕관을 한번 써 보면 재미있을 것 같았어요. 그런데 왕을 두 번씩 할 수 있나요?

해리슨 경장 : 오수 씨 호주머니에서 레이저 코더를 빼냈다고?

오베 씨 : 내 의뢰인을 협박하지 마세요.

프렘프 : 경관님, 저는 제가 존경하던 영웅처럼 되려고 최선을 다했어요. 유리 상자에서 왕실 보석을 꺼내 손에 끼어 보았죠. 그때 하트투 파이어가 굴러서 롤러보이와 닿는 걸 보았어요. 그건 '더블 오 다이' 동작이에요. 그래서 바닥에 앉아 구슬 놀이를 끝내려고 했죠. '더블 오 다이'가 나오면 보병을 모두 써야 하거든요. 바닥에는 구슬 천지였

정말이에요!

죠. 저는 '더블 오 다이'를 끝내면서 왕관을 쓴 사진을 찍어 애들한테 보여 주기로 마음먹었어요. 걔들은 제가 멋지다고 생각하지 않거든요. 하지만 그 사진을 보면 걔들도 감동할 거예요. 바로 그때 경찰관들이 갑자기 안으로 들이닥쳤어요. 저는 벌떡 일어나면서 실수로 왕관을 떨어뜨렸어요. 왕관이 바닥에 떨어지면서 보석들이 헐거워졌어요. 저는 걱정이 되었어요. 경찰관들은 윈스턴 삼촌처럼 구슬을 밟고 쓰러졌어요. 저는 구슬을 모두 주워 담고, 왕관을 다시 제자리에 갖다 놓았어요. 떨어져 나간 보석은 없을 거예요. 정말이에요.

해리슨 경장 : 머리에 구슬을 맞은 경찰관은 어떻게 된 거냐?

플린 양 : 프로미, 걱정 마. 수술하면 눈은 괜찮을 거래.

해리슨 경장 : 시력이 돌아오지 않는다면 그 경찰관이 너를 혼낼 거야.

프렘프 : 정말 죄송해요. 구슬로 얼굴을 때릴 생각은 아니었어요. 경관님도 아시겠지만, '더블 오 다이'를 끝낼 때는 가장 좋은 구슬을 공중으로 집어 던져야 해요. 그걸 '우피 투'라고 하는데, 정말 어려워요. 있는 힘껏 던져야 하거든요.

해리슨 경장 : 그래서 결국 경찰관 세 명은 정강이뼈가 부러지고 넓적다리가 골절되었어. 게다가 네 번째 경찰관과 오수 씨는 자빠지면서 중상을 입었고. 그 모든 게 사고였다는 거냐?

프렘프 : 네, 경관님.

해리슨 경장 : 네가 발견됐을 때 여왕의 보석 왕관을 쓰고 있던 것도 우연이고?

프렘프 : 네, 경관님.

해리슨 경장 : 더 할 말 있니?

프렘프 : 네, 경관님.

해리슨 경장 : 뭔데?

프렘프 : 경관님, 저도 왕이 된 건가요?

해리슨 경장 : 나는 한 번도…….

오베 씨 : 저 애 말이 일리가 있네요. 법은 모두에게 공평해야 하는 거예요. 왕이든 아니든. 모두가 차별 없이 법의 보호를 받아야 해요.

서명 : *Prommy Prempeh*

입회인 : CATO JENKINS

후기 : 피고인의 변호사인 오베 씨는 피고의 보석이 허가되어 체포 당시에 몰수당한 법적 효력을 회복한 즉시 피고를 위한 소송을 제기하였다. 피고의 구슬 한 개가 나머지 구슬처럼 구르지 않았기 때문에 보상을 청구하는 내용의 소송이었다.

정말이에요!

제7조

모든 사람은 법 앞에 평등하며, 법은 누구에게나 공정해야 한다.

사르사

우르줄라 듀보사스키 Ursula Dubosarsky

어렸을 때부터 작가가 되는 게 꿈이었고, 지금은 20편이 넘는 아동 문학을 발표했다. 고향인 호주에서 많은 문학상을 수상했고, 그녀의 작품은 전 세계 각국에서 출판되었다. 그녀는 사생활과 평판의 보호와 관련된 세계인권선언 제12조에 관심을 보였다. 그녀는 "다른 세계인권선언 조항에 비해 극적이지는 않지만 여러분이 인간으로서 어떤 사람인지를 판단하는 데 있어 기본적인 사항이라는 생각이 들었어요."라고 말했다. 그녀와 그녀의 작품에 대해 더 알고 싶으면 www.ursuladubosarsky.com을 참조.

랍비의 명성을 헐뜯고 다니는 남자가 있었다. 어느 날 그 남자는 자기가 했던 험담이 널리 퍼졌다는 걸 깨닫고 죄책감을 느꼈다. 남자는 어떻게 해야 할지 몰랐다. 결국 그는 랍비를 찾아가 모든 걸 고백했다. 랍비는 남자가 하는 말을 귀 기울여 들은 뒤 애처로운 표정을 지으며 고개를 가로저었다.

"내가 당신한테 해 줄 수 있는 말은 이것뿐이에요."

랍비가 말했다.

"이 베개를 찢으세요. 그러고 나서 창문을 열고 깃털을 모두 털어 버리세요."

남자는 랍비가 시키는 대로 한 뒤 돌아왔다.

"잘했어요. 이제 가서 깃털을 다시 모아 베개 안에 집어넣으세요."

랍비가 말했다. ―고대 유대교 이야기

어느 날 저녁, 로자벨은 커다란 기니피그가 나오는 꿈을 꾸었다. 기니피그는 흰여우처럼 부드럽고 하얀 털로 덮여 있고, 눈은 분홍색이었다. 또 낚싯줄처럼 생긴 구레나룻은 하도 길게 뻗어 있어 그 끝이 보이지 않을 정도였다. 하지만 가장 당황스러운 건 기니피그의 표정이었다. 마음만 먹으면 아주 흥미진진하고 중요한 무엇인가를 이야기할 듯한. 금방이라도 이야기를 하려는 걸까? 유감스럽게도 로자벨은 열린 창문으로 비와 차가운 바람이 들이치는 바람에 잠에서 깼다. 로자벨은 재채기를 했고, 꿈은 달아나고 말았다.

"간밤에 꿈을 꾸었어."

그날 아침 학교로 가는 버스 안에서 로자벨이 말했다. 하지만 다른 사람의 꿈 이야기를 듣고 싶어 하는 애들은 아무도 없었다. 그건 너무 지루한 일이었다. 그리고 친구라기보다 여행 상대에 가까운 로자벨의 친구들은 그녀의 꿈 이야기를 듣는 데 별반 관심이 없어 보였다. 실제로 친구들 가운데 하나는 꿈 이야기를 듣는 대신 일부러 고개를 창문 쪽으로 돌려 비 내리는 한산한 거리를 바라보았다.

하지만 그날 오후 로자벨은 집으로 돌아오는 길에, 등굣길 버스 안에서 딴청을 피우던 친구에게 꿈 이야기를 했어야 한다는 생각이 들었다. 그 친구 어깨를 잡아 흔들며 우겼어야 했다.

"넌 내 꿈 이야기를 들어야 돼. 꼭 들어야 한다고."

모퉁이를 돌아 집으로 이어진 거리로 접어들었을 때 짙은 회색 정장 차림의 남자가 로자벨 집 앞 돌담 위에 앉아 있었다. 남자는 목 부분을 고무줄로 묶은 커다란 종이봉투를 들고 있었다.

"드디어 너한테 사르사(청미래덩굴속의 식물 또는 이것에서 추출한 물질, 음료나 약물의 향료로 쓰임 / 옮긴이)에 관한 이야기를 해 주러 왔다."

남자는 로자벨이 지나가자 짜증스럽게 말하며 몸을 일으켰다. 로자벨은 어색하게 웃음을 지은 뒤 공손하게 눈길을 돌렸다. 적어도 남자는 집집마다 돌아다니며 신기한 청량음료를 파는 판매원처럼 보이지는 않았다. 그러나 어쨌든 무엇인가를 팔러 다니는 사람일 거라고는 생각했다.

'게다가 나는 사르사를 좋아하지도 않아.'

로자벨은 휴일에 마셔 본 적이 있는 불쾌하고 쓴맛이 나는 거무스름한 색깔의 음료를 떠올리며 생각했다.

'나는 사르사에 관해 할 말도 없고, 그런 걸 사고 싶지도 않아.'

로자벨은 마음속으로 생각했다. 어쨌든 로자벨은 낯선 사람하고 이야기를 잘 나누지 않았다. 그 남자처럼 옷을 잘 차려 입고 나이가 지긋한 사람이라고 해도 마찬가지였다. 그는 낯설기는 했지만 아주 믿음직한 인상을 주었다. 로자벨은 그가 교장 선생님을 약간 닮았다고 생각했다. 로자벨은 현관으로 걸어가면서 작은 갈색 개미들이 줄을 맞춰 부지런히 현관 계단을 행진하는 걸 빤히 쳐다보았다.

'비가 오려는 게 틀림없어.'

로자벨은 명랑하면서도 나지막한 목소리로 혼잣말을 했다. 곧 집으로 들어가 부엌의 찬장을 지나 설탕 그릇으로 기어 올라갈 개미들을 생각하며 남자를 애써 무시하려고 했다. 하지만 빵부스러기로 가득한 호주머니에 손을 집어넣어 열쇠를 찾고 있을 때, 가벼운 공포를 느꼈다. 종이봉투를 든 그 남자가 초조하게 혀를 차면서 바로 뒤에 서 있다는 걸 알아차렸기 때문이다. 게다가 열쇠를 돌려 문을 열었을 때 남자와 종이봉투가 동시에 그녀를 따라 집 안으로 들어왔다. 로자벨은 남자가 너무 세게 밀치고 들어오는 바람에 길을 비켜 줄 수밖에 없었다.

"매트 밑에 열쇠를 놓고 다녀야지. 쯧쯧. 그래야 나 혼자서도 문을 열고 들어오잖아."

남자가 말했다.

'왜 이런 일이 생긴 걸까? 내가 아는 사람인가? 엄마한테 소개받은 적이 있는데 까맣게 잊어버린 엄마 친구인가?'

로자벨은 당황하며 이러저런 생각을 했다.

"자, 그럼 나는 앉아서 긴장을 풀게. 그러고 나서 사르사에 관한 정겨운 이야기를 나눠 보는 거야."

남자는 조잡한 심홍색 넥타이를 똑바로 펴며 말했다.

"엄마?"

로자벨은 거실로 뛰어갔다기보다는 아주 빨리 걸어갔다. 엄마가 집에 없다는 걸 알고 있었지만 엄마가 있는 것처럼 소리쳤다.

'엄마는 어디 갔지? 누굴 만난다고 했나? 일하러 간다고 했나? 엄마가 아침에 밥 먹으면서 정확하게 뭐라고 했지?'

로자벨은 이상하게 아침에 먹은 약간 탄 토스트 냄새는 기억났지만, 엄마가 한 말은 떠오르지 않았다. 남자는 로자벨을 쫓아와 종이봉투를 허벅지 위에 올려놓고 소파에 앉았다. 그러고는 생각을 바꾼 듯 종이봉투를 아주 조심스럽게 바로 옆 의자에 내려놓았다. 종이봉투가 움직이기 시작했다. 정말 바스락거리는 소리가 났다. 로자벨은 바보처럼 우두커니 생각에 잠겼다. 종이봉투가 움직이는 걸 설명할 수 있는 적절한 말을 고민하고 있을 때가 아니었다.

남자가 일어났다.

"샌드위치를 만들어 먹어야겠어."

그는 부엌 쪽을 쳐다보며 말했다.

'나 원 참, 아주 자기 집처럼 설치시네.'

로자벨이 화가 나서 마음속으로 말했다.

남자가 샌드위치를 만들었다. 엉망진창이었다. 땅콩버터 병뚜껑을 열어 놓은 채 조리대에 놔두는 바람에 파리가 윙윙거리며 그 위로 날아들기 시작했다.

"나중에 들려주시면 안 돼요? 엄마가 집에 있을 때 말이에요."

로자벨이 자포자기하는 심정으로 말했다.

"네 엄마한테는 이야기하지 않는 게 낫겠어."

남자는 입 안에 든 마지막 샌드위치를 삼키며 말했다.

"어쨌든 간단한 일이야."

남자는 한숨을 돌리며 빵 껍질을 털었다. 그는 조리대 위에 팔꿈치를 댄 채 몸을 앞으로 구부리며 슬픈 빛이 감도는 웃음을 지었다.

"내가 골칫덩어리가 된 것 같네."

남자는 로자벨을 빤히 쳐다보며 대답을 기다렸다.

"세상에."

로자벨은 침묵을 지키고 있을 수 없어 중얼거렸다.

"거창해 보이는 말이 단순한 말일 수 있는 거야."

남자가 로자벨의 반응에 고무된 듯 말했다. 아니면 그는 크게 고무될 필요가 없었는지도 몰랐다.

"정말이지 사태를 너무 심각하게 받아들이는 것 같아. 안 그러니? 그러니까 내 말은⋯⋯."

남자는 로자벨한테 얼굴을 가까이 갖다 댔다.

"사르사라는 이름을 어떻게 생각하니?"

남자가 물었다.

"그러니까. 저는 정말 잘 모르겠어요."

로자벨이 뒷걸음치며 말했다.

"물론 좋은 이름은 아니지."

남자는 로자벨의 대답에 수긍한다는 듯 고개를 끄덕였다.

"그런 이름을 쓰고 싶어 하는 사람은 없을 거야. 하지만 그건 단지 농담일 뿐이야. 그러니까 사람한테 즐거움이 없다면⋯⋯."

남자는 로자벨을 쳐다보며 뻔뻔하게 웃었다.

"어쨌든 우리가 여기서 이야기하고 있는 건 단지 기니피그야."

로자벨은 숨이 막혔고, 머릿속에서는 파도가 일렁거렸다.

"기니피그요?"

로자벨이 힘없이 말했다.

"그래. 내가 말 안 했었나?"

남자가 거실로 돌아와 다리를 꼬며 소파에 앉았다.

꿈에서 커다랗고 하얀 기니피그 눈이 무슨 할 말이라도 있다는 듯 로자벨을 빤히 쳐다보고 있었다. 기니피그 눈에는 감정과 지성이 어지럽게 뒤섞여 있었다. 하지만 지금 그녀를 지켜보고 있는 건 기니피그 눈이 아니었다. 지금 그녀의 눈앞에 있는 건 둥그스름하게 반짝이며 수박껍질 색깔을 띠는 남자의 눈이었다.

"내가 기니피그 우리 앞에 꽤 아름답게 그렸어."

남자는 흔들리는 종이봉투를 소파에서 멀찌감치 밀쳐놓으며 말했다.

"멋진 황금색 글자야. 사르사. 굵은 헬베티카 글자체야. 내가 가장 좋아하는 글자체이기도 하지."

남자가 덧붙였다.

'저 남자는 미치광이가 틀림없어.'

로자벨은 그렇게 생각해도 마음이 편치 않았다.

"아저씨가 기니피그 우리에 간판을 썼다고요? 사르사라고 말예요?"

로자벨은 남자의 말을 제대로 들었는지 확인하려고 물었다.

"그래, 나는 지체 없이 썼어. 지금은 사라졌지만."

남자가 재빨리 대답했다.

"그렇지만…… 내 말은…… 왜?"

로자벨이 말을 더듬었다.

로자벨은 남자가 짜증을 내며 후다닥 일어나는 바람에 깜짝 놀랐다.

"왜 안 되는데? 내가 생각한 대로 말하면 안 되는 이유가 뭔데?"

남자는 로자벨을 쳐다보며 얼굴을 잔뜩 찌푸렸다.

"나도 내 의견을 말할 권리가 있어. 안 그래? 내가 보기에 그건 사르사하고 꼭 닮았어."

남자가 말했다.

"그래요. 나는 아저씨가 농담하는 줄 알았어요. 아저씨 진심이 아닌 줄……."

로자벨이 뒷걸음치며 말했다.

"농담이라! 우리가 유감스럽게 본심을 말하는 지경까지 이르지 않기를 바랐는데."

남자는 군인처럼 굳은 표정으로 차렷 자세를 했다.

"이렇게 곤란한 지경까지 오다니. 검열. 그 말이 무슨 뜻인지 아니? 말을 못하게 하는 건 범죄야. 자유가 가장 중요한 거라고."

남자가 말했다.

"하지만 그게 정말 여자 이름이 아니라면……."

로자벨이 난감한 표정을 지으며 말했다.

'저 아저씨를 집 밖으로 쫓아낼 수만 있다면. 외출해야 한다고 둘러대 볼까?'

남자는 다시 소파에 털썩 주저앉았다.

"상관없어. 누가 나를 사르사라고 불러도 상관없을 거야."

남자가 투덜거렸다.

종이봉투가 바스락거리는 소리가 점점 더 커졌다. 종이봉투는 남자 쪽으로 조금 움직인 것 같기도 했다.

'남자가 정말 기니피그를 데려왔을까?'

로자벨은 눈을 깜박이며 종이봉투를 보았고, 마침내 한 가지 생각이 머리를 스쳤다.

"내 이름이 아닌데 누군가 나를 사르사라고 부르면 기분이 좋지 않을 거예요."

로자벨은 겁을 먹은 듯 나지막하지만 확고한 목소리로 말했다.

남자는 잠시 웃음을 머금은 뒤 눈을 지그시 감았다.

"세상에. 어느 시인이 말했지. '이름이 다 무슨 소용인가?' 기타 등등. '우리가 부르는 장미를 다른 어떤 이름으로 불러도.' 셰익스피어라고 들어 봤니?"

"나는 사실 그 말이 틀렸다고 생각해요."

로자벨은 짜증스럽게 말했다. 물론 그녀도 셰익스피어에 대해 들어보았다. 하지만 남자는 로자벨의 이야기에 관심을 보이지 않았고, 이제는 눈을 완전히 감고 말았다.

'잠이라도 든 걸까?'

잠시 후, 남자는 로자벨의 이야기를 들은 듯 눈을 번쩍 뜨고 그녀 쪽으로 몸을 구부렸다. 은밀하면서도 교활한 표정이었다.

"기니피그보다 중요한 문제가 걸려 있다는 걸 알아야 돼. 모든 수단을 다 동원해야 돼. 내가 거짓말을 한다면? 그게 사르사와 전혀 닮지 않았다면? 그래서 어쨌다는 거야? 그게 문제는 아니야."

종이봉투가 다급하게 흔들렸다.

"어쨌든."

남자는 종이봉투를 무시한 채 넥타이의 부드러운 표면을 쓰다듬었다.

"그들한테서 우리가 원하는 걸 손에 넣게 된다면 사소한 거짓말이 무슨 문제가 되겠어? 거짓말은 불법이 아니야."

남자가 말했다.

로자벨은 어리둥절했다.

"하지만 내 말은……."

로자벨은 말꼬리를 흐렸다.

'거짓말이 불법이 아니라고요? 그렇다면 사람들이 그게 잘못되었다는 걸 모르기 때문인 건 아닐까요? 기차 안에는 의자에 발을 올려서도 안 되고, 술을 마셔서도 안 된다는 안내문이 붙어 있어요. 살인을 해서는 안 되고, 다른 사람에 대해 거짓말을 해서는 안 된다는 경고문이 필요 없다는 거예요? 그런 짓은 잘못이라는 걸 누구나 알아요. 그렇잖아요?'

로자벨은 말을 입 밖으로 꺼내지 못하고 속으로만 생각했다.

그녀는 종이봉투 쪽으로 흘깃 눈을 돌려 빤히 쳐다보았다. 종이봉투 안에는 동물이 들어 있는 게 틀림없었다.

남자는 하품을 한 뒤 천장을 쳐다보며 눈을 깜박거렸다. 종이봉투 안에 들어 있는 게 밖으로 나오려 발버둥을 치기라도 하듯 딱딱거리는 소리가 났다.

"어쨌든 걔 이름이 뭐예요? 기니피그가 진짜 이름이에요?"

로자벨이 갑자기 종이봉투에서 눈을 떼며 물었다.

"아아!"

남자가 손목시계를 들여다보며 말했다.

"이제는 기억하기 힘들어. '사르사'라는 단어가 네 머릿속에 들어가면 달라붙어서 꼼짝하지 않아. 그렇지?"

로자벨은 꿈 때문인지 몰라도 기니피그를 대신해 화가 치밀어 올랐다.

'저런 식으로 이름을 제멋대로 바꾸는 건……. 그게 뭐였더라? 누군가의 집으로 들어가 특별한 걸 찾는 것과 같은 거야. 내 작은 사과처럼 말이야.'

로자벨이 선반 위에 놓인 도자기 사과를 흘끗 쳐다보며 말했다. 엄마는 로자벨이 여섯 살 생일 때 도자기 사과를 선물했고, 로자벨은 그 사과를 좋아했다. 도자기 사과가 다른 사람한테 대단해 보이지 않을지 몰라도 로자벨한테는 특별했다. 누군가의 이름을 제멋대로 바꾸는 건 남자가 그녀의 집으로 들어와 작은 도자기 사과를 망치로 내리치는 것과 같았다.

남자가 확실히 떠날 채비를 한 채 일어났다.

"어쨌든 기니피그가 아주 오래 살지 않아서 다행이야."

남자가 말했다.

남자는 한 손으로 모자를 쓰고 다른 한 손으로 소파 위의 종이봉투를 집었다. 남자는 로자벨한테 강제로 종이봉투를 안겼다.

"나 대신 맡아 줄래? 너라면 이걸 가지고 할 수 있는 게 있을 거야. 나는 아주 충분해."

그러고 나서 남자는 현관으로 성큼성큼 걸어가 문을 열고 나갔다.

'나라고? 하지만 뭘 하라고? 기니피그에 대해서는 아는 게 하나도 없는데.'

로자벨이 생각했다.

열린 현관문으로 갑자기 강한 바람이 들이닥쳤다. 로자벨은 깜짝 놀라 들고 있던 종이봉투를 바닥에 떨어뜨렸다. 종이봉투를 묶고 있던 고무 밴드가 뚝 끊어졌다.

로자벨은 소스라치게 놀라며 종이봉투를 쳐다보았다. 종이봉투에서 모습을 드러낸 건 예상과는 달리 그녀가 무서워하던 기니피그가 아니라 작고 하얀 깃털이었다. 사르사가 수백, 수천 개의 크기가 다른 하얀 조각으로 바뀐 것 같았다. 깃털들은 바람을 타고 날아올랐다가 신비하고 단단한 구름이 되어 현관문으로 빠져나갔다.

"도와주세요!"

로자벨이 깃털들을 쫓아 포장도로로 달려가며 소리쳤다.

"사르사!"

로자벨은 악착같이 붙잡으려 했지만 깃털들은 차가운 대양을 헤엄치는 작은 은빛 물고기들처럼 손가락 사이로 빠져나갔다.

'이 모든 문제를 일으킨 장본인은 어디 간 거야? 이건 불공평해. 내가 뭘 하고 있는 거지? 소용돌이치며 도망가는 깃털을 쫓아가야 할 사람은 내가 아니라 그 남자야. 어쨌든 너무 늦었어. 내가 할 수 있는 건 없다고.'

로자벨이 생각했다.

"사르사!"

로자벨은 거리 위아래를 훑어보았다. 거리는 텅 비어 있었다. 집 앞 돌담에는 꼬마가 앉아 있었다. 꼬마는 학교 모자를 쓰고 등에 가방을 맨 채 설탕을 입힌 분홍색 번 빵을 먹고 있었다. 꼬마는 신기하다는

듯 로자벨을 쳐다보다 두 사람의 머리 위에서 춤추듯 사방으로 흩어
지는 깃털을 올려다보았다.

"이건 공해야. 어떻게 할 거야?"

꼬마가 번 빵의 달콤한 겉을 핥으며 말했다.

로자벨은 크게 실망하며 하늘을 올려다보았다. 하얀 점들이 점점
작아지다 마침내 사라졌다. 깃털은 가차 없이 넓은 세상을 날아다니
는 것만 같았다. 그리고 로자벨은 사실 자기가 할 수 있는 일이 없다
는 걸 깨달았다.

제12조

어느 누구도 우리의 명예를 침해해서는 안 된다. 어느 누구도 정당한 이유 없이 우
리 집에 침입하거나, 편지를 열어 보거나, 우리와 우리 가족을 괴롭혀서는 안 된다.

작가의 말

이 작품은 기니피그에 관한 이야기다. 여러분은 기니피그가 인권과 무슨 관련이
있는지 의아해할지도 모른다. 나는 작품을 쓸 때 다른 것에 관해서도 이야기하
고 있다고 가정하면(사람들은 이런 걸 은유라고 한다.) 생각이 더 잘 떠오른다.
나는 인권이 작고 힘이 없어 스스로를 방어하지 못하는 존재를 보호하는 일에
관한 것이라고 생각한다. 살다 보면 언젠가 우리 자신이 기니피그처럼 작고 무
력한 존재라고 느끼는 순간이 올지도 모르는 일이다.

허리케인이 지난 뒤

리타 윌리엄스 가르시아 Rita Williams-Garcia

현재 자메이카와 뉴욕에서 번갈아 살고 있으며, 8편의 청소년 소설을 발표했다. 그녀의 작품은 모두 미국 도서관협회 최우수 청소년 도서로 선정되었다. 특히, 《Like Sisters on the Homefront》는 코레타 스콧 킹 상을 수상하고, 평단의 주목을 받았다. 몬트필리어 버몬트 대학에서 어린이와 청소년을 위해 작문을 가르치고 있으며, 딸이 두 명 있다.

변기 물을 내렸다면,
아기가 잠들었다면,
수돗물이 나왔다면,
노인들이 양지에서 죽지는 않았을 거야,
이 모든 게 사실이 아니라면,
우리가 직접 겪은 게 아니라면,
헬리콥터가 갑자기 하늘로 날아오르는
재난 영화의 한 장면이라고 생각할지도 몰라,
폰차트레인 호수가 흘러넘쳐
거대한 미시시피 강과 만나는 게 아니라
특수 효과로 조지 호수를 만들고,
직장을 잃은 웨이터들이 경찰관 분장을 하고,

동네 사람들은 보조 출연자로 등장해 주문 도시락을 받고.
무대 디자인을 위해 처리하지 않은 하수, 쓰레기,
방송사 트럭, 경찰 순찰차, 탱크, *험비를 동원했다고 말이야.

*험비 : 미국의 군용 지프차 / 옮긴이

이 모든 게 사실이 아니라면,
우리가 직접 겪은 게 아니라면,
어마어마한 돈을 쏟아 부은
영화라고 생각할지도 몰라
킹과 재스퍼와 내가
밴드 연습을 마친 뒤 빌려 본 영화나,
지난 화요일에 할머니 소파에 앉아 보았던 '타이타닉'처럼.
밴드가 연주하는 동안 배우들이 모두 물에 빠져 숨을 헐떡이며
죽어 가는 걸 보면서 웃고 있을지도 몰라.

하지만 이건 영화가 아니야.
물이 허리까지 차올라.
촬영 팀에서 고함을 쳐.
"빅 마이크, 이리 가져와!"
"롤 테이프."
"됐어?"
"아주 좋아!"
"정지."

이건 절대 영화가 아니야.

야외 촬영을 하는 게 아니야.

우리는 반구형을 이루며 짐승처럼 몰려다녀.

우리 가족이나 재스퍼네 가족처럼(재스퍼는 빼고)

버스를 잡지 못한다면

영원히 그럴 거야.

나는 카메라를 박살 내고,

렌즈를 깨뜨려 촬영을 중단시키고 싶어.

하지만 킹은 말해.

"프레디, 안 돼. 그걸 보여 줘야 돼.

영화라도 없다면 누가 믿겠니?"

물도, 음식도, 전기도, 도움의 손길도 없어.

여기도 사람 사는 세상이지만 아무도 찾아오지 않아.

보초들이 소총을 겨누고 있어.

적십자사에서 탁자를 설치하고 있어.

일기 예보관, 앵커, 리포터, 기상학자,

국토 안보부의 검은 에스유브이 차도 와 있어.

여기도 사람 사는 세상인데

물은? 음식은? 전기는?

가족을 만나러 가는 길인데

우리를 떼 지어 움직이게 하고, 갈라놓고, 촬영하고, 감시하지.

우리한테 먹을 걸 준다는 사람은 없어.

물을 가져다주는 사람도 없어.

여기도 사람 사는 세상인데 아무도 찾아오지 않아.

머리 위 헬리콥터는 하늘에서 요란한 소리를 내고 있어.

첫 번째 기적.

킹이 방송사 직원의 낌새를 채고,

재스퍼와 나를 향해 뛰어왔어.

"고속도로에 급수 트럭이 멈춰 서 있어.

엄청난 물이야.

신선한 식수야.

깨끗한 목욕물이야.

프레디, 저것 좀 봐. 생수 회사는 우리를 사랑한다고.

누군가 우리한테 물을 보낼 생각을 한 거야."

우리 트럼펫은 물에 빠졌지만, 킹은 가슴이 벅찼어.

킹은 낭랑한 목소리로 말했어.

"구릿빛 전사들이여, 나와 함께 갑시다."

가서 물을 가져옵시다."

어떻게 티케이와 할머니를 두고 떠날 수 있단 말인가?

내가 어떻게 떠날 수 있으며, 떠나서 행복할 수 있을까?

나를 봐. 나를 바라봐

내가 가져오기로 한 생수를 위해

나는 여기를 나가는 것뿐이야.

정말로 "구릿빛 전사들이여."라는 말을 듣고 떠난 거야.

팔을 들어,

자연을 호흡해 봐!

그런 말도 들었어.

나는 됐어.

내가 어떻게 떠날 수 있으며, 떠나서 행복할 수 있을까?

간단해. 신선한 공기로 숨을 쉬어야 하니까.

킹이 제1트럼펫 주자로 활보해.

재스퍼가 걸음을 옮겨.

나는 팔에서 소금을 핥으며,

고개를 돌려 사람들을 쳐다보았어.

지팡이를 짚거나, 유모차를 껴안고 있는

쇠약한 흑인들과,

셔츠로 머리를 둘러싼 여자들.

혀에서 소금이 말라.

나는 사람들한테서 눈길을 떼고 걸어.

'프레디의 *디오라마에 등장하는 흑인들'이라는

르블랑 선생님의 숙제가 아니라고

*디오라마 : 배경 위에 모형을 설치하여 하나
의 장면을 만든 것 / 옮긴이

말하지 않아도 돼.

잔디밭이 정확하게 묘사되어 있고,

오두막 주위도 잘 표현되어 있어.

그리고 절망까지도.

'저쪽에서'를 묘사하는

사회학 디오라마가 아니야.

대서양이나 태평양 건너 저쪽이 아니야.

물 위로 시체들이 떠다녀.

저쪽을 봐.

진흙 사태 난민들.

쓰나미 난민들.

르완다 난민들.

아니야. 여기는 미국이야. 미합중국이라고.

시체나 언어로 물에 빠져 죽은 사람들을 구분하지는 못해.

절망 그 자체야. 통역을 할 필요도 없어.

우리는 사회 과목 디오라마에 등장하는 난민들이 아니야.

우리는 11학년 학생이고, 흩어진 취주 악단,

늙은 집 주인, 할머니, 주방장, 거리 공연자,

셸머호른을 잃어버린 걸 슬퍼하는 마흔세 살의 색소폰 연주자

남편과 서른여덟 살의 부인까지 등장하지. 우리는 아주머니이고,

세탁소 주인이고, 경찰관의 딸이고, *부제, 콘크리트 혼합 기술자,

자동차 수리공, 트롬본을 잃어버린 트롬본 연주자,

허리케인이 지난 뒤

뿔뿔이 흩어진 중창단, *복사, 배가 좌초된 어부, 늙은 수녀,

방사선 기술자, 빵 굽는 사람, 큐레이터, 당뇨병 환자, 새우잡이,

접시닦이, 여자 재봉사, 예비 신부, 새 아빠, 택시 운전사,

교장 선생님, 보이 스카우트 유년 단원, 자동차 판매원,

기타 판매원, 미용사, 무수히 많은 아이들,

우리한테 소중한 너무나 많은 사람들까지.

허리케인이 닥쳤을 때 입고 있던 그대로였어.

우리가 도망칠 때,

운전을 할 때, 다른 사람의 차를 얻어 탈 때,

항공기로 이동할 때, 실려 갈 때.

시민들은 짐승처럼 내몰렸지.

우리는 사회 선생님이자 머리에 넝마를 감은 르블랑 선생님이야.

그리고 마지막 버스를 놓친 카넬 교장 선생님이야.

*부제 : 가톨릭교회의 교계 제도에서 사제 바
로 아래에 있는 성직자 / 옮긴이
*복사 : 가톨릭 미사와 다른 전례 중에 주례자
를 도와 예식을 원활하게 거행할 수 있도록
하는 보조자 / 옮긴이

사소한 기적.

우리는 보초를 지나갔어.

너희는 보초가 이곳을 빠져나가는

우리를 지켜볼 거라고 생각했지.

너희는 보초가 우리를 막아 세울 거라고 생각했어.

밖으로 나가지 못하게 할 거라고.

하지만 우리는 행진했어, 비탄에 잠긴 취주 악단이었지.
킹과 재스퍼, 그리고 나 프레데리카였어.

킹이 인솔하고 나는 뒤를 쫓았지.
밴드 캠프 때부터 킹이 앞장섰어.
주니어 밴드와 시니어 밴드도.
박스 대형으로 행진하다가 다이아몬드 대형으로
바꾸면서 복잡하게 진행되었어.
재스퍼가 바싹 달라붙었어. 재스퍼는 호른 연주자인데,
잘 웃기는 하지만 말이 많지는 않아.
웃을 거리를 보기나 했니?
재스퍼는 바싹 달라붙었어. 아무 말 없었어.
졸고 있었는지도 몰라.

걸으며 스스로에게 물었어.
부끄럽지 않니? 아니.
밴드의 자부심은? 아니.
얼간이 밴드. 그래.
부끄럽지 않니? 아니.
행진하고 싶니? 그래.
트럼펫을 불고 싶니? 그래.
부끄럽지 않니? 아니.

허리케인이 지난 뒤

세인트 루이스를 찬미하기 위해서?

"오, 성자의 행진?"

부끄럽지 않니? 아니.

마디그라 축제나 독립 기념일에

점잖 빼며 행진하는 게 부끄럽지 않니?

자주색과 황금색, *밥.

성조기, 밥.

부끄럽지 않니?

부기 춤을 추며 흔드는 게.

부끄럽지 않니?

행진을 즐기는 게.

할머니가 괴로워하고

티케이한테 줄 우유가 없는데?

진실을 말해 봐. 부끄럽지 않니?

아니, 부끄럽지 않아.

나는 팔을 들고, 발을 높이 올리고 나아갈 거야.

밴드의 자부심을 가지고.

킹이 물었어.

"프레디, 무슨 생각하고 있니?"

내가 대답했지.

"아무 생각도 안 해."

*밥 : 팝 음악에 맞춰 추는 춤 / 옮긴이

하지만 나는 입안이 바싹바싹 말랐어.
배고픈 사람이 시끄러운 법이지.
"뷰마트나 푸드 서클로 가자."

킹은 어리석지 않아. 그는 대답을 하지 않았지.
우리는 공격을 받아 털리고, 박살이 난
뷰마트를 (당연히) 아직도 찾아다녀.
푸드 서클과 길모퉁이 식품점은 포기해야 돼.
그곳에 남은 건 상한 우유와 유리 파편,
그리고 끈이 풀린 쇼핑 카트뿐이야.
재스퍼가 한숨을 쉬어. 그리고 카트를 붙잡지.

배에서 계속 소리가 들려.
꼬르륵거리고, 한데 뭉치고, 경련이 일어나지.
나는 투덜거려.
"둘리즈로 가자."
하지만 킹은 어리석지 않아. 우리는 행진을 계속해.
바로 옆을 지나가면서도 재스퍼가 손으로 가리킬 때까지
쳐다보지 않아. 킹이 한숨을 쉬어.
둘리즈의 '디' 칸을 싹 쓸지.
바깥은 판자로 막고, 사슬로 묶고, 자물쇠를 채워 놓았어.
까맣고 빨간 스프레이로 글자를 써 놓았지.

허리케인이 지난 뒤

약탈자는 사살함.

나는 믿을 수가 없어.

한 묶음짜리 홈 게임 티켓을 사고,

팀 버스, 밴드 악기, (모두 물에 잠겼지만) 유니폼을 후원하는

둘리즈 이용자들을 말이야. 밴드는 반액으로 먹어.

내 눈은 말하고 있어.

프레디, 스프레이로 쓴 글자를 믿어야 돼

빅션 둘리가 약탈자를 총으로 쏠 거야.

그래. 빅션 둘리.

내 말을 믿어.

제1트럼펫 연주자 킹이 맞았어.

킹은 나를 제2트럼펫 연주자처럼 대하지 않아.

"금관 악기 연주자, 이리 와서 물 좀 마셔."라고만 했어.

나는 킹을 뒤쫓았어. 재스퍼가 쇼핑 카트를 밀었어.

제1, 제2, 제3연주자였어. 밥 스텝을 밟지는 않아,

발을 높이 들어 올리며 걸어, 얼간이처럼 머리를 흔들지는 않아,

앞줄에 선 사람이 엉덩이와 어깨를 흔들며 춤추지도 않아,

뒷줄의 사람도 부기 춤을 추지는 않아.

그냥 걷지.

"저 소리 들었니?"
머리 위로 또 다른 헬리콥터가 나타났어.
또 다른 헬리콥터가 빅 엠프티로 날아올라.
넓은 날이 빙빙 돌며
뜨거운 열기와 유령과 모기들로 가득한
텅 빈 거리의 역겨운 냄새를 날려 버릴 뿐이야.
둘러봐. 원하는 건 뭐든지 손에 넣을 수 있어.
우리한테는 빅 엠프티뿐이야.

*핏불 테리어 : 작고 강인한 투견용 개 / 옮긴이

두 번째 기적.
경찰이 *핏불 테리어처럼 꼼짝 않고 서 있어.
헬멧. 무전기. 소총. 준비.
총을 들고, 머리를 겨냥해.
"여기는 출입 금지야. 꺼져."
킹은 계속 걸어.
우리는 킹의 뒤만 따라가.
"안 돼요"
킹이 말해.
"우리는 저기서 오는 길이에요"
킹이 손가락으로 가리키며 말해.

경찰이 계속 총을 들고 있었어.

"그럼 돌아가는 길도 잘 알겠군."

그가 턱으로 가리키며 말했어.

킹은 이런 판국에도

법과 군인, 그리고 어수룩한 펑계를 믿었어.

킹은 법이 그의 눈에 보이지 않는 유니폼을

볼 수 있으리라고 믿었어.

(대단한 사람이라도 된 것처럼 가슴을 우쭐하며 부풀렸어.)

킹은 법이 어수룩한 펑계를 따른다고 믿었어.

"이봐요, 경관 나리,

고속도로에 급수 트럭이 있어요.

우리 때문에 온 트럭이에요."

음색 때문일 거야.

킹은 음색이 좋거든.

그게 킹의 눈에 보이지 않는 유니폼일지도 몰라.

나는 킹의 능력을 믿으며 덧붙였어.

"돔에는 아기와 할머니가 있어요. 물이 필요해요."

전향자인 재스퍼가 고개를 끄덕였지.

킹은 논리와 달콤한 말로 설득했어.

"여보세요. 물, 물이 필요해서 그러니 우리를 보내 줘요."

경찰이 말했어.

"잘 들어, 이 약탈자들아……."

하지만 경찰 무전기가 방해를 했어.

그건 위기였어(그렇지?).

"감청색 유니폼을 입은 약탈자들을 발견했다.

약탈자들이 더 이상 전진하지 못하도록 하고 있다.

뻔뻔한 약탈자들을 막는 중이다."

경찰이 황급히 떠났어. 빨간 등이 빙빙 돌고,

사이렌이 날카로운 소리를 냈어,

"위기 상황! 위기 상황! 신발 가게가 위기 상황이다!"

아베 마리아, 우리는 통과했어요.

자부심을 느끼며 말했어.

"워커 롤린스 고속도로의 흑인 모세여,

킹, 앞장서. 바위를 톡톡 두드려.

커다란 바위를, 콘크리트 블록을 두드려.

흑인 모세여, 앞장서.

물이 솟구쳐 나오게 해 주세요."

킹이 아주 잠깐 이를 드러내고 웃었어.

우리는 비틀거리며 걸어갔지.

왔던 길을 되돌아갈 수는 없잖아.

나는 흘깃 곁눈질을 했지.

재스퍼의 폭죽 같은 웃음이
터지게 하는 건 쉬운 일이야.
썰렁한 농담에 재스퍼의 얼굴이 환해지고,
입이 벌어지고, 레드베리 같은 혀가 물결 모양이 돼.
하지만 지금은 그럴 필요가 없어.
재스퍼한테 농담을 걸 수 없어.
지금은 그럴 때가 아니야.

우리는 행진하다 행색이 초라한 사람들을 만났어.
양말 짝이 맞는 사람이 없었지.
사람들은 교대로 눈과 팔과 목발이 되어
다른 사람을 부축했어.
젊은이가 늙은 백인 여자를 휠체어에 태워 밀고 갔어.
내 또래 흑인 여자아이가 중국 아기를 안고 갔어.
애완동물이 없는 남자는 강아지 세 마리와
고양이 한 마리를 데려갔어.
짝을 잘못 지은 것 같은 사람들이 많았어.
엄마도 무릎에 아기를 안고 있을지 몰라.

"그레트너로 가지 마세요."
늙은 백인 여자를 밀고 가던 젊은이가 말했어.
"흑인이든 백인이든 돌려보내고 있어요."
"저 다리로 가지 마세요."
"저 길로 가지 마세요. 모두 끊겼어요."
"도로가 차단되었어요."
"한쪽 길로만 다니게 할 거예요.
한쪽 길만 알려 줄 거예요."
"이 근처에서는 조심해야 돼요.
약탈자한테 총을 쏘거든요."

킹이 말해.
"아니에요. 우리는 물 때문에 왔어요.
우리는 약탈자가 아니에요."
젊은이가 환한 웃음을 지었어.
"당신은 약탈자가 아니에요. 나도 그렇고요."
젊은이의 카트는 가득 차 있었어.
"그래도, 조심해야 돼요."
사람들은 곧바로 흩어졌어.
우리는 걸음을 재촉했지.

나는 킹을 뒤쫓아 갔어.

허리케인이 지난 뒤

재스퍼는 텅 빈 카트를 밀었어.

내가 말했지.

"재스퍼, 걱정 마. 돌아올 때는

우리 모두가 카트를 밀게 될 거야.

계획했던 대로 물건을 가득 채워서."

물 한 방울 없이 돔으로 돌아오기보다는

교대로 80리터의 물을 끌고 오는 게 더 쉬울 거야.

약탈자라면 걱정을 할 거야. 하지만 우리는 물이 필요할 뿐이야.

평면 텔레비전이 아니라 물이라고,

휴대 전화가 아니라 물이라고,

구찌 핸드백이 아니라 물이라고.

시시한 다이아몬드 손목시계? (퉤!) 제발.

하지만 길에 빵이 떨어져 있다면,

배고픈 사람이 "우리 주워 먹을까?" 하고 말할 거야.

굶주린 사람을 입씨름으로 이길 수는 없어.

말라붙은 빵 한 조각 때문에 총을 쏘는 사람은 없을 거야.

드럼 라인이 그리워.

*필인을 시작해.

> *필인 : 멜로디 라인 중에서 공백 부분을 장식
> 하는 즉흥적인 백그라운드 / 옮긴이

"폰차트레인 호수
미시시피 강
마실 물이 한 방울도 없어요."

그때 킹이 물었어.
"프레디, 콧노래로 뭘 부르는 거니?"
나는 더 크게 불렀어.
잠시 후 킹도 따라 불렀어.
"폰차트레인 호수
미시시피 강
마실 물이 한 방울도 없어요."

재스퍼는 우리가 부르는 멜로디에 흥미를 안 보여.
하지만 템포는 좋아하는 것 같아.
우리는 더 가까워진 걸 느끼며 재빨리 걸었지.
"폰차트레인 호수
미시시피 강
마실 물이 한 방울도 없어요."
우리는 카트를 밀며 계속 걸었어.
킹과 나는 시합을 하듯 찬송가를 불렀지.
워커 롤린스 게이터즈가
미식축구 경기장 20야드 라인에 볼을 놓고 있는 것처럼.

물을 얻기 위해

폐허가 된 돔에

누가 터치다운을 해야 할까?

골까지는 반 마일밖에 안 남았어.

아아.

소나기가 내리는 꿈을 꿨어.

항아리를 머리 위에 들고

물이 차고 넘치게 놔뒀지.

우리는 거의 다 왔어. 바다를 떠난 새들이

육지에 내려앉으려고 하늘을 맴도는 것 같아.

육지에서 먼 바다에 가까워진다는 건 사실이야.

"나의 두 눈아, 내가 지금 보고 있는 게 진짜니?"

사막의 신기루.

사막의 대상이 우리한테 인사하려고 줄을 서 있는 것일까?

눈을 비볐어. 땀이 눈으로 들어간 건지도 모르니까.

기적이여, 어서 와.

가슴을 펴고, 카트를 준비하고,

우리가 기도하던 트럭을 향해 굴렸어.
늘 그렇듯, 제1트럼펫 연주자가 첫 발을 내딛지.
제2, 제3트럼펫 연주자가 그 뒤를 쫓아가.

확실해.
위장, 지프, 탱크를 보았어.
거리에 전투용 도색을 한 험비가 있어.
킹의 놋쇠 단추, 견장, 장식용 술은 눈에 보이지 않거나,
우리 것과 함께 물에 빠졌기 때문에 본 사람은 없어.
킹이 육군과 해군의 야구 정기전에서
육군을 응원하며 행진하는 걸 꿈꿨다는 사실을
아무도 모를 거야.
킹이 침을 묻혀 가며 눈이 부실 정도로 트럼펫을 닦는다는 걸
아는 사람은 없을 거야.

킹이 손으로 가리켜.
군인들이 소총, 엠16 소총,
에이케이 소총(나는 총에 대해서 잘 몰라)을
들고 목표를 겨냥해.

헬멧에 대위 계급장을 단 군인이 소리쳐.
"정지! 여긴 통행금지야."

허리케인이 지난 뒤

우리는 꼼짝하지 않았지.

재스퍼도 멈춰 섰어.

하지만 킹은 아직도 법률과 군인과 어수룩한 변명을 믿어.

"선생님, 우리가 원하는 건……."

엠16 소총인가 에이케이 소총에서

(나는 총에 대해 잘 몰라)

날카로운 소리가 나면서

분위기가 경직되고 말았어.

대위가 말했어.

"이 검문소로는 아무도 지나가지 못한다."

나도 재스퍼 같았어.

발길을 멈추고. 침묵을 지키며. 겁을 먹고. 분노했어.

나는 마음속으로 소리쳤어.

여기는 당신들의 위병소가 아니야.

당신들은 우리의 보초가 아니야.

여기는 우리의 거리야.

우리는 정장 차림으로,

하얀색 장갑을 끼고, 커다란 모자를 쓰고,

금관악기와 북과 지휘봉과 깃발을 들고,

우리의 깃발을 휘날리며

강을 건너갔다가 돌아온다고.

검문소라고?
검문소에서 우리의 발길을 막는다고?
하지만 내 눈이 말했어.
프레디, 내 말을 믿어.
군인들이 눈을 가늘게 뜨고 있어.

킹은 어수룩한 변명을 늘어놓지만
나는 속말을 계속했어.
군인들은 우리가
우리의 거리로 가지 못하게 할 거야.
우리가 행진하는 길에 소총을 들이댈 거야.
이건 고등학교 악단들이 싸움을 벌이는
깃발 뺏기 시합이 아니야.
신뢰는 오랫동안 버림받았지.
내 눈이 말했어.
프레디, 내 말을 믿어,
군인이 총을 쏠 거야.
대위가 말했어.
"맞은편에 뭐가 있는지 관심 없어.
누구도 이 검문소를 지나가지 못해."
대위가 말했어.
"돌아가지 않으면 발포한다."

허리케인이 지난 뒤

킹이 맞섰어. 숨을 쉬게 해 줘.

재스퍼와 내가 알고 있던 걸 확인하는 데

얼마 걸리지 않았어.

더 이상 *성모 마리아 패스는 없어.

어수룩한 변명, 눈에 보이지 않는 밴드 유니폼,

법은 검문소에서 날아다니지 않아.

킹이 맞섰어. 숨을 쉬게 해 줘.

그리 오래 걸리진 않을 거야.

> *성모 마리아 패스 : 미식축구에서 절망적인 상황에 빠진 쿼터백이 아주 낮은 성공률을 바라보고 적진 깊숙이 던지는 롱 패스 / 옮긴이

대위가 명령을 내렸어.

소총, 엠16 소총, 에이케이 소총이 불을 뿜었어.

머리 위로 우지끈하면서 우르르 하는 소리가 들렸어.

그리고 우르르 하는 소리가 줄을 이었지.

우리 머리 위로 우르르 하는 소리가 들렸어.

배와 다리 힘이 풀렸어.

속이 텅 빈 것처럼 몸이 접혔어.

킹과 재스퍼가 옆으로 와서

나를 일으켜

카트에 실었어.

킹은 재스퍼 뒤에서 카트를 밀었어.

돔으로 돌아오는 길에
킹과 재스퍼는 나를 내려놓을 곳을 찾아냈어.
두 사람이 고개를 돌렸어. 나는 웅크리고 있었지.
아무것도 없었어. 나는 몸을 움직여 봤어.
잠시 후, 내가 말했지.
"괜찮아. 걸어갈게."
우리는 카트를 놔두고 걸었어.

처음에는
침묵뿐이었어.
머리 위로 헬리콥터도 뜨지 않았어.
잠시 후 폭죽이 요란한 소리를 내며 터졌어.
폭죽 때문에 할머니의 소파에서
영화 타이타닉을 볼 때처럼
목이 메지는 않았어.
하지만 체리 모양 장난감 폭탄이
귓가에서 요란한 소리를 내며 터지고 있어.

"아하…… 하아 (목이 메여) 하!"
재스퍼가 웃어.

"90번 고속도로에
생수를 가득 실은 트럭이 있어.
그런데 우리는 건너갈 수가 없어.
사방에 생수이지만
한 방울도 마실 수가 없어.
자유의 땅에서,
미국에서 말이야."

제13조

모든 사람은 자기 나라 안에서 어디든지 갈 수 있으며, 가고 싶은 나라로 여행할

권리가 있다

작가의 말

2005년 8월, 허리케인 카트리나가 미국 남부 해안을 강타했다. 미국 역사상 가

장 끔찍한 자연 재해 가운데 하나였다. 특히 루이지애나 주 뉴올리언스의 피해

가 심각했는데, 사람들은 정부가 뉴올리언스 시민들이 처한 어려운 상황에 보다

신속하게 대응했다면 대규모 인명 손실은 피할 수 있었을 거라고 생각했다.

아빠가 춤만 추지 않았더면

패트리샤 맥코믹 Patricia McCormick

청소년 소설을 쓰기 전에 조사 기자와 저널리스트로 활동했다. 그녀의 세 번째 작품인 《내 이름은 라크슈미입니다》는 인도와 네팔에서 성 노예로 팔려 가는 여자들의 정의에 대한 열정이 동기가 되었는데, 그녀의 고향인 미국에서도 호평을 받았다. 현재 남편과 아들, 그리고 고양이 두 마리와 함께 미국의 뉴욕에서 살고 있다.

누가 아빠를 비난할 수 있을까? 대통령 선거 결과가 투표소 문에 붙자 사람들이 거리로 몰려나와 춤추며 노래를 불렀다. 그렇다고는 해도 아빠보다 기뻐하는 사람은 없었다.

마침내 영감이 자리에서 물러났다. 영감은 아빠가 아기였을 때부터 정권을 잡았는데, 이번에 정당한 선거를 통해 물러나게 되었다. 가난한 사람들한테서 강도질을 해 부자로 살던 영감이 패배한 것이다. 하지만 그날 밤 마을 사람 모두가 춤을 춘 건 아니었다. 영감 덕택에 살이 찐 부자들은 어둠 속에서 기쁨에 들뜬 사람들을 지켜보았다.

다음 날, 아빠와 아빠 친구들은 라디오 앞에 모여 선거 결과가 잘못되어 검표를 다시 하게 될지도 모른다는 뉴스를 들었다. 아빠는 바닥에 침을 뱉으며 거짓말이라고 했다.

일주일 후, 영감은 수도의 대저택에 머물렀고, 부하들은 투표용지를 다시 셌다. 아빠와 친구들은 다른 사람들한테 들리지 않을 정도로 나지막하게 투덜거렸다.

그러던 어느 날 밤, 우리 가족은 뜨거운 열기 때문에 잠에서 깼다. 우리 오두막 바로 밖에 있는 옥수수 밭이 불길에 휩싸인 것이다. 우리는 침대에서 벌떡 일어나 밭으로 달려갔다. 나뭇가지로 불을 꺼 보려 했지만 소용없었다. 농작물이 몽땅 사라지고 말았다.

아빠는 새벽에 경찰서에 신고했다. 경찰들은 냉정한 시선으로 우리 집 옥수수 밭을 둘러보았다. 그러고 나서 가재도구를 모두 챙기라고 말했다.

"가져갈 수 있는 건 모두 챙기십시오. 그들이 오늘 밤 다시 올 겁니다. 이번에는 당신 집에 불을 지를 겁니다."

한 경찰관이 말했다.

"그들이요? 그들이 누구예요?"

나는 경찰관이 돌아간 다음에 아빠한테 물었다.

아빠는 한숨을 내쉰 뒤 고개를 절레절레 흔들었다.

"우리 이웃과 부족 사람들이지. 우리가 평생 알고 지내던 사람들 말이야. 영감 때문에 배가 부른 사람들이기도 하지."

아빠가 말했다.

엄마는 아빠를 쳐다보며 혀를 찼다.

"당신이 축제 기분에 흠뻑 젖어 있는 걸 사람들이 봤어요. 영감한테 반대표를 던졌다는 것도 알고 있고요. 대가를 치르는 거죠."

엄마가 말하며 밖을 내다보았다.

이웃집 밭에서는 아직 연기가 피어올랐다. 아빠와 함께 춤을 추던 사람들의 농작물은 모두 재가 되고 말았다. 하지만 그렇지 않은 사람들의 농작물은 예전과 마찬가지로 푸르고 무성했다.

우리는 보따리와 종이 상자에 가재도구를 쌌다. 원래도 얼마 안 되었지만 들고 갈 수 있는 것만 챙기다 보니 짐이 더 줄었다. 나는 보따리를 머리에 이고 마지막으로 집을 살펴보았다. 그러고 나서 우리의 미래를 향해 얼굴을 돌렸다.

"어디로 가요?"

내가 아빠한테 물었다.

"우리를 따뜻하게 맞아 주는 곳을 찾을 때까지 걸어가야지. 재검표가 끝나 위험이 사라지고 정당한 대통령이 취임하면 다시 집으로 돌아올 거야."

아빠가 대답했다.

우리가 마을 한가운데 도착했을 때 우리처럼 피난길에 오른 다른 가족을 만났다. 아빠들은 머리를 맞대고 이야기를 나누고, 엄마들은 발밑 흙바닥을 내려다볼 뿐이었다. 그리고 아이들은 무심하게 엄마 아빠 손을 잡아당겼다.

"왜 집을 떠나야 하는 건데요?"

아이들이 물었다.

부모들은 대답할 엄두를 내지 못했다. 혹시라도 불을 지른 사람이 듣고 있을지도 모르는 일이었다.

마을 너머 세상은 새롭고 낯설었다. 메마른 풀밭이 넓게 펼쳐져 있고, 열기가 일렁거렸다. 밤에는 곤충이 설치는 소리로 생기에 넘치는 덤불을 지나 걸었고, 낮에는 몸을 기릴 듯 말 듯한 아카시아 나무 그늘 아래서 잠을 잤다.

우리는 걷고 또 걸어 마침내 한 마을에 도착했다. 멀리서 보니 그곳은 꽃 모양으로 땅에서 부풀어 올라 있었다. 지평선 위로 희미하게 빛나는 마을이 집으로 돌아가기 전까지 편안히 지낼 수 있는 곳이라고 생각했다. 하지만 가까이 다가가 보니 그곳은 우리 마을과 비슷해 보였다. 한 집은 거의 잿더미였고, 그 옆집은 멀쩡했다.

우리는 계속 걸어갔다. 마을은 모두 비슷했다.

우리는 걸어가면서도 새로운 소식을 들었다.

"영감이 여전히 정권을 잡고 있대요."

먼지투성이 행렬에 가세한 사람들이 말했다.

"그 작자는 싸우지 않고는 자리를 내놓지 않을 거예요."

사람들이 덧붙였다.

나는 아빠한테 선거에서 뽑힌 사람에 대해 물어보았다.

"그 사람도 싸우지 않고는 포기하지 않을 거야."

아빠가 대답했다.

다음 날, 우리는 라디오에서 선거에서 뽑힌 사람이 다른 나라로 도망쳤다는 소식을 들었다.

그날 밤, 우리에겐 말린 고기가 한 조각밖에 없었다. 엄마는 그걸 삼등분한 뒤 한 조각씩 나눠 주었다. 아빠는 고개를 절레절레 흔들었다.

"내 거는 애한테 줘. 나는 강한 노인네야. 버틸 수 있다고."

아빠가 말했다.

다음 날 아침, 우리는 잠에서 깨어 아침거리를 찾았다. 옥수수와 비스킷, 그리고 과일이 조금 남아 있었다. 하지만 아빠는 손을 대려고 하지 않았다. 아빠는 고개를 돌려 엄마한테 속삭였다.

"변화를 바란 내가 바보였어. 지금, 나는 도둑이야. 영감과 다를 게 없다고."

그날 오후, 우리는 커다란 강에 도착했다. 폭이 넓고 강물이 완만하게 흘렀는데, 우리 몸처럼 푹푹 찌는 듯했다. 학교에서 배운 대로라면 우리 가족은 지금 국경에 와 있다. 강 맞은편은 도시와 농장이 있는 자유 국가이다. 정의를 위해 싸우다 몇 년 동안 감옥에 갇혀 있던 사람을 대통령으로 뽑는 나라였다.

엄마는 얕은 강물 앞에 무릎을 꿇고 앉아 얼굴에 물을 끼얹었다. 내가 옆에 무릎을 꿇고 앉자 엄마는 눈물을 감추려고 애썼다.

"여기는 우리 조국이야."

엄마가 말했다.

"저쪽으로 가고 싶어 하는 사람은 없을 거란다."

엄마가 강 건너 황갈색 언덕을 가리켰다.

맞은 편 강둑을 따라 뱀처럼 길게 펼쳐져 있는 쇠 울타리가 보였다. 울타리는 높고 그 위로 원형 철조망이 쳐져 있었다. 게다가 철조망에는 이가 나 있어 옷이 찢어질 뿐 아니라 살을 저밀 수도 있을 것 같았다. 멀리 주황색 점프 수트(바지와 상의가 하나로 붙어 있는 옷 / 옮긴이)를 입은 남자가 울타리 밑에 난 구멍을 때우고 있었다. 운이 좋은 사람이 간밤에 그곳으로 숨어 들어간 게 틀림없었다. 남자의 발밑에는 공구가 있었고, 허리띠에는 권총을 차고 있었다.

아빠가 나한테 다가오더니 도와 달라고 했다. 간판이 하나 있는데 거기 적힌 글자를 읽어 달라고 했다. 아빠가 데려간 곳은 누군가 손으로 '악어 조심'이라고 써 놓은 간판 앞이었다.

그날 밤, 우리는 하늘이 어두워질 때까지 덤불숲에 숨어 있었다. 우리는 한밤중에 진흙을 헤치며 걸을 계획이었다. 그때가 되면 주황색 점프 수트를 입은 남자가 집으로 돌아가고, 악어들이 곤히 잠들어 있을 거라고 생각했다.

나는 출발 시간이 되자 강을 향해 똑바로 걸어갔다. 잠시라도 주저하면 용기가 사라질 거라는 걸 알고 있었다. 하지만 아빠가 물가에서 나를 가로 막았다.

"여기서 기다려."

잠시 후 아빠는 팔로 엄마를 들어 올린 뒤 어둠 속으로 걸어갔다.

아빠가 돌아올 때까지 평생이 걸린 것만 같았다. 아빠는 말 한 마디 하지 않고, 나를 어깨 위로 들어 올린 뒤 강물로 성큼성큼 걸어갔다. 눈앞에 막대기처럼 보이는 것이 모두 악어였다. 바위 밑에 숨어 있거나 물결을 일으키는 것도 모두 악어였다. 아빠와 강 맞은편에 도착했을 때 나는 아빠 어깨에서 뛰어내려 모래에 입을 맞췄다.

아빠가 여행 가방을 가지러 다시 강으로 걸어 들어갔다. 우리의 행운이 계속될 것 같지는 않았다. 아빠의 등이 어둠 속으로 사라지는 걸 지켜보며 내가 아빠의 넓은 등을 무척 사랑한다는 걸 깨달았다. 아빠는 우리의 모든 고민과 희망을 짊어지고 있었다. 마침내 아빠는 머리에 소지품을 이고 어둠 속에서 모습을 드러냈다.

그리고 나서 우리는 손과 무릎을 바닥에 대고 울타리 아래 부분을 따라 기어갔다. 꼭 전갈이 구멍을 팔 자리를 찾는 것 같은 모양이었다. 하지만 모래는 단단하고 울타리는 꼼짝도 하지 않았다.

우리는 손가락으로 물렁한 곳을 찾았다. 주황색 점프 수트를 입은 남자가 쇠줄을 철조망에 연결한 뒤 팽팽하게 잡아당겨 구멍 난 곳을 꿰맨 것 같았다.

하늘이 희붐해지고 수평선이 분홍색으로 물들기 시작했다. 곧 날이 밝으면 우리 가족은 잠에서 깨어나는 악어 떼와 허리띠에 총을 찬 남자 사이에 갇히게 될 것이다. 우리는 가시나무 덤불이 울타리 너머까지 뻗쳐 있는 곳에 다다랐다. 아빠는 그곳을 파야 한다고 말했다. 쳐다보고만 있을 시간이 없었다. 아빠는 덤불 뿌리 때문에 모래가 헐거워졌을 거라고 했다. 만약 그렇지 않더라도 덤불 뒤에 잠시나마 몸을 숨길 수 있을 것이다.

엄마가 가운데를 맡고 아빠와 내가 양쪽 가장자리에서 손으로 허우적거리며 땅을 팠다. 내가 10센티미터도 채 파지 못했는데 하늘이 붉게 물들기 시작했다. 한 시간도 안 돼 날이 밝을 것이다. 나는 좀 더 힘을 내 흙이 약간 물렁한 덤불의 바깥쪽 가장자리를 팠다. 곧 어른 발만 한 구멍을 팠다. 아빠한테 내가 판 구멍을 자랑하려고 고개를 들었다. 그때 주황색 점프 수트를 입은 남자가 우리 쪽으로 성큼성큼 걸어왔다.

엄마가 애처롭게 울부짖었다. 그러고는 몇 푼 안 되는 돈을 숨겨 놓은 옷단을 뜯었다. 엄마는 모래 위에 무릎을 꿇고 팔을 내밀었다. 엄마가 손바닥을 펼치자 동전 몇 개가 보였다. 하지만 남자는 고개를 저으며 총을 차고 있는 허리띠에 손을 올려놓았다.

"저를 데려가시고, 아내와 딸은 놔주세요."

아빠가 간청했다.

남자가 다시 고개를 저은 뒤 호주머니에서 커다란 절삭 공구를 꺼냈다. 찰칵하는 소리가 크게 나더니 남자가 울타리의 구멍을 때웠던 고리를 잘랐다. 울타리는 남자가 세게 잡아당기는 것에 항의라도 하듯 요란한 소리를 냈다. 남자는 울타리가 천으로 만들어지기라도 한 것처럼 가볍게 접어 올렸다.

"서둘러요. 해가 뜨면 순찰을 나가야 하니까요."

남자가 말했다.

우리는 남자가 하는 말을 제대로 알아듣지 못했지만 망설이지 않았다.

"먼저 가렴. 우리 가족 가운데 맨 처음으로 너에게 자유를 맛보게 해 주고 싶어서 그래."

아빠가 나한테 말했다.

나는 울타리를 재빨리 빠져나가 주황색 점프 수트를 입은 남자 옆에 섰다. 고개를 돌려 고향을 바라보니 들판이 햇살 때문에 황금빛으로 물들고 있었다.

"오랫동안 그리워하게 될 거야. 나도 아직 그러니까."

남자가 말했다.

나는 남자를 빤히 쳐다보았다.

"그래. 나도 오래전에 영감을 피해 도망쳤단다."

남자가 말했다.

엄마가 울타리를 기어 나와 남자의 부츠에 입을 맞췄다. 남자는 엄마를 가볍게 일으켰다.

"빨리요."

아빠까지 울타리를 빠져나오자 남자가 말했다.

"정원에 하얀 꽃들이 피어 있는 집이 보일 때까지 서둘러 걸어가세요. 그 집 뒤로 돌아가서 로버트가 보내서 왔다고 하세요. 그들이 먹을 것도 주고 밤이 될 때까지 숨겨 줄 거예요. 그런 다음, 다음번 안전 가옥으로 안내할 거예요. 그러고 나서 그다음 안전 가옥으로 가고, 다시 그다음 안전 가옥으로 가는 식이 될 거예요. 그러다 보면 마침내 도시로 가게 될 거고, 다른 사람들 틈에 묻히게 되는 거죠."

"그 사람들을 어떻게 믿을 수 있죠?"

엄마가 물었다.

"그들은 우리 동포예요. 이곳에는 동포들이 많아요. 자, 가세요."

남자가 말했다.

우리는 남자가 시킨 대로 했다. 아침 햇살이 구름 사이로 번져 나올 때 하얀 꽃들이 피어 있는 집을 찾아냈다.

그 집 여자가 우리를 안으로 데려가 물과 고기를 준 뒤 쉴 수 있는 침대로 안내했다. 그런 곳에서 자는 건 정말 오랜만이었다. 그동안 사방이 전부 뚫린 흙바닥에서 아무것도 덮지 않고 잠을 잤다. 나는 곧 잠들어 버렸다.

나중에 잠에서 깨어 보니 아빠 침대가 비어 있었다. 나는 매트에서 일어나 밖으로 걸어 나갔다. 해가 뜨고 있어서 점점 푸르러지는 하늘을 배경으로 아빠의 실루엣만 보였다. 아빠는 팔을 하늘로 들어 올린 뒤 콧노래를 불렀다. 잠시 후 아빠가 춤을 추기 시작했다.

제14조

만약 부당한 대우를 받아 신변의 위협을 느낀다면, 모든 사람은 안전을 위해 다른 나라로 떠날 권리가 있다.

작가의 말

2008년 4월, 짐바브웨의 대통령 선거 결과 현직 대통령인 로버트 무가베가 낙선되었다는 보도가 나갔다. 이후 수만 명의 사람들이 다른 나라로 도망쳤다. 여당은 재검표를 요구했고, 마침내 로버트 무가베가 당선되었다는 발표가 났다. 무가베와 정치적으로 대립하고 있던 모간 창기라이는 생명의 위협을 느껴 숨었다. 그 뒤 나라를 떠났던 많은 사람들이 다시 짐바브웨로 돌아왔다. 그들은 무리를 지어 다니며 무가베에 반대표를 던졌다고 의심되는 사람들을 공격하고 살해했다. 그러자 다시 수많은 사람들이 줄지어 국경을 넘어 남아프리카 공화국으로 갔다. 이들 중에는 피난처를 찾은 사람도 있었다. 하지만 난민들이 남아프리

카 공화국에 쇄도할 걸 염려한 이민자 반대 단체들은 짐바브웨에서 도망친 사람

들한테 폭력을 행사하고 내쫓았다. 그리고 살해를 당한 난민들도 있었다.

프랜시스 왕자

로디 도일 Roddy Doyle

아일랜드의 더블린에 살며 글을 쓰는 그는 청소년을
위한 소설, 연극, 시나리오 작가로 잘 알려져 있다. 그
러나 '로버'라는 강아지에 관한 유머러스한 시리즈를
포함해 어린이를 위한 작품도 발표했다. 1993년에는
《Paddy Clarke Ha Ha Ha》로 부커 상을 수상했다.
또 1997년에는 복권에 당첨되어 상품으로 깡통 비스
킷을 받기도 했다.

정말 신 나는 일이었다. 아이들은 텔레비전에서 하는 것처럼 인터뷰를 할 예정이었다. 진짜 텔레비전에 출연하는 것 같았다. 카메라가 교실 맨 앞에 자리 잡았다. 카메라맨은 다라였다.

프랜시스는 다라가 부러웠다. 프랜시스도 카메라맨이 되고 싶었다. 프랜시스가 손을 번쩍 들어 올렸다.

"선생님! 선생님! 선생님, 저요!"

하지만 선생님은 다라한테 카메라를 맡겼다.

그건 괜찮았다. 프랜시스는 정말 개의치 않았다. 프랜시스는 다라를 좋아했다.

"좋아. 키우나스."

선생님이 말했다.

프랜시스는 '키우나스'가 아일랜드 말로 '조용히'라는 걸 알고 있었다. 다른 아일랜드 말도 몇 개 알고 있었다. '바우카일'은 '사내아이'라는 뜻이고, '레이트레아스'는 '화장실'이라는 뜻이다.

"모두 준비됐지? 첫 번째 초대 손님은 어디 있지?"

선생님이 말했다.

아이들이 웃으며 서로 얼굴을 쳐다보았다. 재미있을 거야. 여학생 중 하나인 앨리스가 인터뷰 진행자였다. 앨리스는 할머니의 검은 드레스를 입었고, 아이섀도 때문에 눈을 깜박거렸다. 앨리스는 무릎 위에 질문지가 끼워져 있는 클립보드를 올려놓았다.

"케빈, 너부터 시작이야."

케빈이 교실 앞으로 걸어 나가 앨리스 옆 의자에 앉았다.

"앨리스, 어떻게 지냈어요?"

케빈이 말하자 아이들이 웃었다. 앨리스는 눈을 깜빡거렸다.

"좋아. 다라, 카메라 돌아가지?"

선생님이 말했다.

"그럼요."

다라가 고개를 끄덕이며 말했다.

"좋았어. 레디……."

선생님이 말했다.

"액션!"

아이들이 일제히 소리쳤다.

"안녕하세요?"

앨리스가 카메라를 쳐다보며 말했다.

"〈왕수다〉 토크 쇼에 오신 걸 환영합니다. 제 이름은 앨리스이고, 이분은 첫 번째 손님입니다."

앨리스가 눈을 깜박거리는 게 정말 이상해 보이기는 했지만, 진행은 잘했다. 마치 수영을 하려는 것처럼 보였는데, 팔 대신 눈꺼풀을 움직여 헤엄치고 있었다.

"성함이 어떻게 되시죠?"

앨리스가 물었다.

"케보라고 합니다."

케빈이 대답했다.

"어디 출신이시죠?"

"여기요."

"세상에. 이 교실에서 태어났다고요?"

"아니요. 그런 바보 같은 말이 어디 있어요?"

아이들이 모두 웃었다. 선생님도 웃었다.

"케보 씨, 어디서 태어나셨어요?"

"밖에서요. 그러니까 내 말은 길 아래쪽에서요. 무슨 말인가 하면……. 모르겠어요. 병원에서요."

"케보 씨, 취미가 무엇인가요?"

"축구요."

"그리고요?"

"가."

"'가'라고요? '가'가 뭐예요?"

"게일식 축구요."

프랜시스는 케빈과 같은 축구팀에서 뛰고 있다. 4년 전, 일곱 살 때 학교에 입학하면서 축구팀에 가입했다. 그때 처음 공을 차며 한 아이가 공을 손으로 잡는 걸 보며 무척 놀랐던 기억이 난다. 게일식 축구에서는 공을 손으로 잡아도 된다. 사실 공을 손으로 잡는 게 중요했다.

케빈의 인터뷰가 끝났다. 다음은 제인 차례이다. 제인은 앨리스 바로 앞 의자에 앉았다. 제인은 녹색 가발을 쓰고 있다.

"안녕하세요?"

앨리스가 말했다.

"안녕하세요?"

제인이 말했다.

"성함이 어떻게 되세요?

"제인이요."

"제인이라. 정말 멋진 이름이네요. '고통'과 운이 맞네요. ('제인 Jane' 과 고통을 뜻하는 단어인 '페인 pain'의 음이 같아서 하는 말 / 옮긴이)"

"앨리스, 진정해."

선생님이 주의를 주었다.

"괜찮아요. 앨리스는 '악의'와 운이 맞는데요. ('앨리스 Alice'와 악의를 뜻하는 단어인 '맬리스 malice'의 음이 같아서 하는 말 / 옮긴이)"

"고통 양, 아니 제인 양, 어디 출신이죠?"

"아일랜드요."

제인이 대답했다.

"그래서 머리카락이 녹색이었군요."

"예. 당신의 콧물과 같은 색깔이죠."

"잠깐만! 중지."

선생님이 카메라 앞으로 뛰어나가며 말했다.

"선생님, '컷'이라는 뜻이죠?"

다라가 물었다.

"그래. 컷이야."

선생님이 말한 뒤 제인과 앨리스 쪽으로 고개를 돌렸다.

"얘들아."

선생님이 말했다.

프랜시스는 눈앞에서 벌어진 일에 놀랐다. 앨리스와 제인은 가장 친한 친구였다.

"그냥 농담이에요."

제인이 볼멘소리를 했다.

"저도 마찬가지예요."

앨리스도 항의했다.

"고통은 제 별명이에요."

제인이 말했다.

"맞아요."

앨리스가 말했다.

프랜시스는 자기한테도 별명이 있는지 생각해 보았다. 별명이 생겼으면 하고 바랐다. 학교에 다닌 지 4년이 지났지만, 사이가 좋지 않은 아이도 그렇다고 친한 친구도 없었다. 반 아이들은 프랜시스를 다정하게 대했지만, 깊은 우정을 나타내는 별명을 붙여 주지는 않았다.

앨리스와 제인은 벌써 다시 시작할 준비를 마쳤다.

"레디……"

"액션!"

"제인 양, 자기소개 좀 해 주세요. 제인 양의 본모습에 대해 알려 주세요."

"글쎄요."

"조랑말 있으세요?"

"아니요."

"당나귀는요?"

앨리스는 재미있다. 프랜시스는 앨리스의 자신감이 부러웠다.

"난 해리포터를 좋아해요."

제인이 말했다.

"그래요. 당신 남자 친구인가요?

앨리스가 말했다.

프랜시스는 〈해리포터〉 시리즈 가운데 세 권을 읽었다. 호스텔에 사는 메리가 그 책을 주었다. 프랜시스는 그 책을 두 번씩 읽었다. 프랜시스는 자기 물건을 자기 침대와 엄마 침대 사이에 있는 작은 선반에 올려놓는다. 이 나라에 와서 처음으로 얻은 책인 〈해리포터〉 시리즈도 선반 위에 있다.

제인이 일어나고 데릭이 그 자리에 앉았다.

"안녕하세요?"

앨리스가 말했다.

선생님과 아이들이 모두 웃었다. 프랜시스는 데릭이 당황스러워하
는 걸 보았다.

"안녕하세요?"

데릭이 말했다.

"누구시죠?"

"데릭입니다."

"데릭 씨라고요. 데릭 씨, 어디 출신이세요?"

앨리스가 물었다.

"잉글랜드 출신이에요."

데릭이 대답했다.

"뭐라고요?"

프랜시스는 다시 한 번 놀랐다. 데릭도 다른 아이들과 마찬가지로
아일랜드 출신인 줄 알았다. 데릭은 틀림없이 아일랜드 사람처럼 보
였다. 데릭은 반 아이들 가운데 유일하게 머리카락이 붉고 얼굴에 주
근깨가 나 있었다.

"브리튼이요. 잉글랜드죠."

데릭이 말했다.

"잉글랜드 사람이에요?"

앨리스가 물었다.

"잉글랜드에서 태어났으니까요. 예, 그런 것 같아요."

데릭이 어깨를 으쓱했다

"정말 흥미롭군요. 아일랜드에는 왜 왔죠?"

앨리스가 물었다.

"아빠가 아일랜드 사람이에요. 엄마가 여기서 일자리를 얻었고요. 그래서 이사를 했죠."

데릭이 대답했다.

"언제요?"

"여섯 살 때요."

"비행기로요?"

"아니요. 배로요."

"그걸 기억해요?"

"그럼요. 당연히 기억하죠. 런던 집에서 항구까지 차를 몰고 갔으니까요. 그러고는 배에 탔고, 다시 차를 몰았어요. 그렇게 해서 지금 살고 있는 곳으로 왔죠."

프랜시스도 더블린에 오기까지의 여행을 떠올렸다. 아일랜드 북쪽에 있는 벨파스트에서 기차를 타고 여행했다. 그 전에는 비행기로 이동했다. 그리고 그 전에는 창문도 없는 아주 무더운 방 안에서 오랫동안 기다려야 했다. 방 안에는 엄마뿐 아니라 사람들이 아주 많았다. 그 전에는 다른 비행기를 탔다. 또 그 전에는 트럭 뒤 짐칸에 앉아 울퉁불퉁한 길을 달렸다.

프랜시스는 먼지투성이 캔버스 천 덮개를 덮은 채 엄마 옆에 누워 있었고, 다른 사람들도 덮개로 몸을 가렸다. 정말 두려웠다. 엄마가 노래를 불렀지만 목소리에서 두려움이 묻어났다. 트럭에 타기 전에는 밤에 먼 길을 걸었다. 그리고 그 전에는 달리고 있었다. 총알이 날아다닌 적도 있었다. 그건 오래전 일이어서 확실치 않았다.

"프랜시스?"

아이들이 모두 프랜시스를 바라보고 있었다. 앨리스 옆 의자가 비어 있었다. 프랜시스 차례였다. 프랜시스가 일어났다. 이 순간을 손꼽아 기다렸다. 자리에서 볼 때는 무척 재미있을 것 같았다. 하지만 지금은 확실하지 않았다. 앨리스 옆 의자로 걸어가는데 다리가 후들거렸다.

"프랜시스, 빨리!"

"조용히. 프랜시스, 준비됐니?"

선생님이 물었다.

"예, 선생님."

프랜시스가 고개를 끄덕이며 대답했다.

"좋아. 레디……."

"액션!"

"안녕하세요?"

앨리스가 말했다. 앨리스는 눈을 더 빨리 깜박거렸다.

"안녕하세요?"

프랜시스가 말했다.

이제는 겁나지 않았다.

"성함이 어떻게 되시죠?"

앨리스가 물었다.

프랜시스는 아이들의 웃음소리가 잦아들 때까지 기다렸다.

"프랜시스입니다."

프랜시스가 큰 소리로 말했다.

"프랜시스예요, 아니면 프란세스예요? 여자예요, 아니면 남자예요?"

앨리스가 말했다.

"앨리스."

선생님이 주의를 주었다.

"남자예요."

"확실해요?"

"앨리스!"

"아주 확실해요. 의심의 여지없이 남자예요."

프랜시스가 말했다.

그러자 놀라운 일이 벌어졌다. 반 아이들이 모두 웃었다. 프랜시스는 전부터 반 아이들을 웃기겠다고 마음먹었는데 드디어 해냈다. 정말 멋진 날이다.

프랜시스도 웃다가 멈췄다.

"그러니까 남자라는 말이군요."

앨리스가 말했다.

"예."

"어떤 남자인가요?"

"지극히 평범한 남자죠."

다시 웃음소리가 들렸다. 앨리스가 연신 눈을 깜박거렸다.

"본인한테 가장 평범한 게 뭐죠?"

앨리스가 물었다.

"제 손이요."

프랜시스가 앨리스한테 손을 보이며 말했다.

"그리고 발이요."

프랜시스는 발을 들어 뒤꿈치를 바닥에 댔다.

"저는 발이 두 개예요. 아주 평범하죠. 당신도 그렇다고 생각할 거예요."

프랜시스가 말했다.

"예. 귀도 마찬가지이고요."

앨리스가 말했다.

"예. 귀도 두 개죠. 눈도 그렇고."

프랜시스가 말했다

"콧구멍도 그렇죠."

"그럼요."

"아주 평범하네요."

"그렇다니까요."

프랜시스는 다음 질문을 즐거운 마음으로 기다렸다. 앨리스의 입에서 질문이 나오자마자 대답하려는 듯 몸을 앞으로 구부렸다.

"그러면 프랜시스 씨, 어디 출신이죠?"

앨리스가 물었다.

"피키피키예요."

프랜시스가 재빨리 대답했다.

머릿속에 있던 그 이름이 갑자기 커다랗게 불타올랐다. 아이들이 모두 웃었다. 프랜시스는 웃음소리를 들으며 놀라기는 처음이었다.

"피키피키라는 곳은 없어요."

앨리스가 말했다.

"아니에요. 있어요."

"없다니까요."

"아니요. 있어요."

프랜시스가 말했다. 사실 피키피키에 관해 까맣게 잊고 있었다. 하지만 앨리스한테 그 질문을 받았을 때 맨 먼저 피키피키를 떠올렸다.

"그럴 리가 없어요. 너무 바보 같은 말이에요. 어디라고요?"

"피키피키요."

프랜시스는 그 이름을 다시 말하는 게 좋았다. 사랑하는 사람이 아주 멀리 있다가 바로 곁으로 다가서는 걸 보고 있는 느낌이다. 아빠다. 프랜시스는 아주 오랫동안 아빠 생각을 하지 않았다.

"선생님?"

리엄이라는 남자아이가 말했다.

"왜?"

"아프리카에는 피키피키라는 나라가 없어요. 모로코, 튀니지, 리비아는 있어도."

리엄이 말했다.

"리엄, 고맙다."

선생님이 그렇게 말하며 프랜시스를 바라보았다.

"프랜시스, 피키피키라는 곳이 어디 있니? 피키피키 이야기를 해 주겠니?"

선생님이 물었다.

프랜시스가 선생님을 쳐다보았다.

"예, 선생님. 저랑 아빠가 함께 살던 곳이에요."

프랜시스가 대답했다.

"더블린으로 오기 전에 말이니?"

"예, 선생님."

"네가 살던 마을 이름이니?"

"아니에요, 선생님. 우리는 마을에 살지 않았어요."

"그럼 도시니?"

"아프리카에는 피키피키라는 도시가 없어요. 아프리카 도시는 다 알아요. 알렉산드리아가 있고, 또⋯⋯."

리엄이 말했다.

"리엄, 고맙다. 그럼 프랜시스, 피키피키가 도시 이름이니?"

선생님이 말했다.

"아니에요, 선생님."

"그럼 나라 이름이니?"

"예, 선생님."

아이들이 신음 같은 소리를 냈다. 다시 또 시작이야, 하는 식의 소리였다.

"지루해!"

"다른 사람으로 바꿔."

"조용히!"

선생님이 큰 소리로 말했다. 그러고는 프랜시스한테 고개를 돌렸다.

"프랜시스, 어디니? 피키피키가 어디 있니?"

선생님이 말했다.

"여기요, 선생님."

프랜시스가 손가락으로 자기 머리를 가리켰다.

"머릿속에?"

"예, 선생님. 제 머릿속에요. 그리고 우리 아빠 머릿속에요."

"그렇다면 상상의 나라니?"

"아니에요. 진짜 있는 나라예요."

프랜시스가 말했다.

"으흠."

앨리스가 헛기침을 했다.

아이들이 웃었다. 프랜시스도 웃었다. 프랜시스는 앨리스의 얼굴로 다시 눈길을 돌렸다.

"제가 진행자입니다. 이건 토크 쇼이고, 제가 우리 반에서 제일 수다스러워요. 선생님이 그러셨잖아요."

앨리스가 말했다.

"네 말이 맞구나. 여기서부터는 네가 진행하렴."

선생님이 말했다.

앨리스는 카메라를 쳐다보며 눈을 깜박거렸다.

"환영합니다. 프랜시스 씨, 피기피기에 관해 이야기해 보죠."

"피키피키입니다."

프랜시스가 말했다.

"어쨌든 그 지명에 대해 이야기해 봅시다."

앨리스가 말했다.

프랜시스가 허리를 곧게 펴고 앉았다.

"우리 아빠는 여러 나라 말을 많이 알아요."

프랜시스는 말을 멈췄다가 다시 시작했다.

"우리 아빠는 여러 나라 말을 많이 알아요."

아빠를 마지막으로 본 게 5년 전이었다.

"어느 날, 한 사람이 오토바이를 타고 아빠와 내 옆을 지나갔어요. 그때 아빠가 오토바이를 열한 개 나라의 말로 알려 줬어요."

"열한 개요?"

"예. 그런데 제가 '피키피키'라는 말을 듣고 웃었어요."

프랜시스가 말했다.

"그러니까, '피키피키'는 '오토바이'라는 뜻이군요"

앨리스가 말했다.

"그렇죠."

프랜시스가 말했다.

"어느 나라 말이죠?"

앨리스가 물었다.

"스와힐리 말이에요."

프랜시스가 말했다.

"당신이 오토바이라고 부르는 나라에서 살았다는 거예요?"

"예. 아빠와 나는 그곳에서 살았어요. 거리에서요. 아빠는 왕이었고, 아니 왕이고, 나는 왕자예요."

"프랜시스 왕자라고요?"

"그렇죠. 아빠와 함께 살 때 피키피키에 살았어요. 아빠가 일을 마치고 돌아왔을 때나 아침에 내가 잠에서 깼을 때 아빠가 '피키피키 왕자는 잘 있었니?' 하고 묻곤 했어요. 그곳은 아빠와 내 나라였어요. 우리만의 돈이 있고, 우리만의 음식이 있었죠. 그리고 다른 것도 있었고요. 우리는 그렇게 살았어요."

"아빠가 아직 그곳에 계시나요?"

프랜시스가 고개를 끄덕였다.

"아빠가 전화도 하시나요?"

프랜시스는 고개를 저었다.

"엄마가 그러는데 그들이 전화를 못하게 한대요."

"그들이라니요?"

"군인들이요."

프랜시스가 대답했다.

프랜시스와 엄마가 총알이 날아다니는 고향을 떠난 게 5년 전 일이다. 더블린으로 온 뒤 5년 동안 많은 걸 잊고 살았다. 프랜시스는 고향을 떠날 때 아주 어린아이였다. 그래서 모든 걸 기억할 수는 없었다. 그런 걸 기대할 수는 없는 일이다. 하지만 프랜시스는 오늘 오토바이 왕국인 피키피키를 기억해 냈다.

프랜시스는 자리에서 일어났다. 뭔가 생각이 났다.

"피키피키에서는 휴대 전화에 바퀴가 달렸어요."

프랜시스가 말했다.

"근사해. 말이 되네."

앨리스가 말했다.

"예. 휴대 전화에 대고 말한 뒤 땅바닥에 내려놓는 거예요. 그러면 여러분이 통화하고 싶은 사람한테 말이 전달되고, 상대방의 말도 다시 휴대 전화로 오는 거죠."

아이들이 모두 웃었다. 아이들은 바퀴가 달린 휴대 전화라는 기발한 생각을 좋아했다.

"예, 고맙습니다. 프랜시스 씨."

앨리스가 말했다.

"프랜시스 왕자님이라고 해야죠."

리엄이 말했다.

"멋진데!"

그날부터 아이들은 프랜시스를 프랜시스 왕자라고 불렀다. 프랜시스는 매우 기뻤다. 그건 프랜시스가 아이들의 친구가 되었다는 뜻이기 때문이다. 프랜시스는 '왕자'라는 말을 들을 때마다 왕인 아빠를 떠올렸다. 그러면 아빠가 가까이 있는 느낌이 들었다. 프랜시스는 이제 피키피키와 아일랜드, 두 나라 모두의 왕자이다. 그리고 프랜시스 아빠는 프랜시스를 매우 자랑스러워했다.

제15조

모든 사람은 한 나라의 국적을 가질 권리가 있다.

메나 삼촌

입티삼 바라캇 Ibtisam Barakat

현재 미국에 거주하고 있는 팔레스타인 작가이자 시인이자 교육자이다. 그녀는 이스라엘 점령 하에 성장했는데, 비록 어린아이였지만 차별 대우를 받는 건 아주 당혹스러운 경험이라는 사실을 깨달았다. 그녀는 "당시 청소년이던 나는 유엔 사무소에서 세계인권선언을 발견했을 때 손으로 옮겨 적은 뒤 바지 호주머니에 보관했어요. 엄마가 그 종이를 넣은 채 바지를 세탁하는 바람에 종이가 찢어졌지만, 나는 내용을 모두 외우고 있었어요."라고 말했다. 자전적인 작품인《Tasting the Sky : A Palestinian Childhood》는 미국에서 많은 상을 받았다. 그녀와 그녀의 작품에 대해 더 알고 싶으면 www.ibtisambarakat.com을 참조.

메나 삼촌이 일요일에 미국에서 라말라로 돌아올 거라는 걸 아는 사람은 나밖에 없었다. 삼촌은 라말라로 돌아올 때면 늘 편지를 했지만, 사흘 전에는 편지 대신 전화를 했다.

"누라, 고오오온 집으로 돌아갈 거야."

삼촌은 1분 안에 돌아오기라도 할 듯 '곧'이라는 말을 길게 늘이며 장난스럽게 말했다.

"언제요?"

내가 물었다.

나는 삼촌이 돌아온다는 소식을 널리 알릴 생각이었지만, 삼촌의 계획은 달랐다.

"다른 가족한테는 내가 돌아간다는 걸 비밀로 하고 싶어. 너한테만 이번 주 일요일에 돌아간다고 귀띔해 주는 거야."

삼촌이 털어놓았다.

"아무한테도 말 안 할게요."

나는 약속했다.

"그리고 새로운 소식이 있어. 물론 내가 캘리포니아 이야기를 들려주는 대신, 너에게 라말라 이야기를 들어야 하지만 말이야."

나는 삼촌 말에 귀가 솔깃해졌다.

삼촌을 만난다는 생각을 하니 가슴이 뛰었다.

"하지만 요즘은 질문만 한가득이에요. 야생마처럼 마음속을 뛰어다닌다고요."

내가 삼촌한테 미리 주의를 주었다.

"그건 아라비아 말이겠지?"

삼촌이 웃으며 말하자, 나도 삼촌을 따라 웃었다. 갑자기 내가 메나 삼촌을 얼마나 그리워했는지 깨달았다. 그리고 삼촌과 전화 통화를 하는 것과 편지를 주고받는 것에 차이가 있음을 느꼈다. 삼촌이 편지로 늘 나와 나누려는 기발한 문장과 새로운 생각도 좋아했지만, 그건 꽃이 만발한 봄처럼 경쾌하고 희망에 넘치는 삼촌의 멋진 목소리를 듣는 것에 비길 바가 아니었다.

일요일 오후 1시, 주황색 택시가 우리 집 앞에 멈춰 섰다. 나는 그날 오전 내내 거리에서 눈을 떼지 않았고, 그 택시에 메나 삼촌이 타고 있다는 걸 알았다. 가슴이 쿵쿵 뛰기 시작했다. 밖으로 달려 나가 다른 사람보다 먼저 인사를 하고 싶었다. 하지만 삼촌한테 약속을 지켰다는 걸 보여 주고 싶었다. 그래서 할머니가 창문으로 밖을 흘끗 보고 삼촌이 계단을 내려와 집으로 오고 있다는 걸 알아차릴 때까지 기다렸다. 할머니는 놀라고 흥분해서 고개를 절레절레 흔들었다.

할머니가 환호를 지르는 바람에 이웃 사람들 모두 메나 삼촌이 온 걸 알았다. 엄마가 부엌과 현관문을 활짝 열어 사람들을 반겼다. 사내아이들은 축구 시합을 하다 말고 메나 삼촌한테 인사를 하겠다며 우리 집으로 달려 왔다. 이웃 사람들과 아이들, 그리고 친척 모두 인기가 많은 삼촌을 보러 왔고, 삼촌이 오랫동안 머물며 즐거운 시간을 보내기를 바랐다.

나만 삼촌한테 궁금한 게 많은 건 아니었다.

"미국이 정말 멀어요?"

"라말라에서 미국까지 정확히 몇 킬로미터나 떨어져 있어요?"

"비행기 타면 기분이 어때요?"

"돈이 많나요?"

"미국으로 돌아갈 때 저를 데려갈 수 있어요?"

여기저기서 아이들의 질문이 쏟아졌다.

"좋아."

메나 삼촌이 가장 작은 아이를 공중으로 들어 올리며 말했다.

"이게 비행기를 탄 기분이야."

삼촌은 비행기 소리를 내며 방을 가로질러 뛰어갔다. 우리는 차례를 기다리며 떼를 지어 삼촌을 쫓아갔다. 어린아이들은 삼촌을 차지하려고 달려들었다.

아이들이 메나 삼촌 주위를 빙빙 돌며 즐겁게 노는 걸 보니 나도

정말 신이 났다. 하지만 마음속으로는 삼촌하고 나하고 둘만 남아 이
야기를 주고받는 시간을 간절히 바랐다.

메나 삼촌은 아이들한테 일부러 져 준 뒤 항복하는 척했다. 그러고
나서 삼촌이 그르렁거리는 소리를 크게 내자 아이들은 웃음을 멈추
지 않았다. 삼촌은 과장되게 영어로 말하며 씨름을 걸어서 아이들을
바닥에 눕혔다.

"뭐라고 그랬어요?"

아이들이 자꾸 물었다.

"메나, 아랍 말은 잊어버렸니? 나는 네가 이슬람교를 잊지 않기를
바랐는데."

할머니가 숨을 헉하고 몰아쉬며 말했다.

메나 삼촌은 애정이 듬뿍 담긴 웃음을 지은 뒤, 우리가 할아버지와
할머니한테 존경을 표할 때 하는 것처럼 할머니 손에 입을 맞추었다.

"알라 예르다 알라이크. 알라도 너로 인해 기뻐하실 거야."

할머니가 메나 삼촌을 칭찬했다.

그날 오후 늦게 모든 게 다시 잠잠해졌을 때 메나 삼촌은 나더러
라말라 중심지로 산책을 가자고 했다. 나는 뛸 듯이 기뻤다. 하지만
할머니가 반대했다.

"누라는 더 이상 아무 데나 데려갈 수 있는 아이가 아니다. 누라는
이제 숙녀야. 막 열세 살이 되었어. 명심하라고!"

할머니가 말했다.

"어머니, 아이든 어른이든 최대한 세상 구경을 많이 하는 게 좋다고 생각해요. 같이 안 가실래요?"

메나 삼촌이 할머니한테 농담처럼 말했다.

나는 숙녀가 되었다고 해서 집에서만 지내지 않아도 된다는 삼촌 말을 들으며 행복해했다. 할머니는 삼촌이 제일 좋아하는 음식을 장만하는 데 시간을 보내고 싶어 했다.

"너무 오래 가 있지는 말거라. 요즘 도시 상황이 점점 위험해지고 있어."

할머니가 말했다.

"조심할게요."

삼촌과 내가 장담했다.

우리는 거리로 이어진 계단을 뛰어 올라갔다. 나는 삼촌이 모르고 있는 걸 모두 알려 주고 싶었다. 삼촌이 이곳에서 벌어진 일을 모두 알게 된다면 우리 곁을 다시는 떠나지 않을 것만 같았다.

"할머니는 예루살렘의 알 아크사 모스크에서 기도를 드리지 못하게 됐다고 속상해하고 계세요. 팔레스타인 사람들이 라말라와 예루살렘 사이를 지나가려면 이스라엘 병사의 허락을 받아야 해요. 그런데 우리 가운데 허락을 받은 사람은 거의 없어요."

내가 말했다.

"서른다섯 살이 안 되는 젊은 남자들은 지나가지 못한다는 건 알고 있었어. 이제 나이가 더 많은 사람들도 못 지나간다고?"

삼촌이 서러움에 복받쳐 항의하듯 목소리를 높였다. 삼촌이 나 때문에 속상해하는 것 같아 기분이 좋지 않았다. 하지만 삼촌은 더 얘기해 달라고 했다.

"할머니는 알 아크사 모스크에서 한 번 기도하는 게 다른 곳에서 천 번 기도하는 것만큼이나 가치가 있다고 생각해요. 그런 할머니가 이제는 집에서 기도를 드려요. 할머니가 그러는데 알 아크사가 마음의 고향이기 때문에 라말라의 모스크로 가서 기도를 드리지 않는 거래요."

내가 말했다.

"무슨 말인지 알아. 나는 기도를 드리지는 않지만, 미국에 있을 때 알 아크사가 너무 그리웠어. 거긴 마법의 모스크야. 내 책상 위에 알 아크사 사진도 있어. 예루살렘 어디에서나 보이는 거대한 황금 돔이 예언자 모하메드가 천국으로 여행을 떠난 곳의 바위를 덮고 있다는 걸 알고 있니?"

"그러니까 삼촌 말은 할머니가 기도드리는 걸 좋아하는 모스크에서 모하메드가 하늘로 날아갔다는 뜻이에요?"

"그래. 코란에 그렇게 나와 있어. 모하메드는 번개처럼 빨리 날아다니는 알 부라크라는 날개 달린 말을 타고 메카에서 예루살렘을 거쳐 하늘 끝까지 갔다가 하룻밤 만에 돌아왔대."

"삼촌, 진짜 그런 말이 있으면 굉장할 것 같아요."

"그런 말이 있으면 어디 갈 건데?"

"매일 할머니를 태우고 예루살렘에 가서 기도드리고, 구시가지에서 쇼핑도 할 거예요. 그리고 캘리포니아로 가서 삼촌이 사는 곳에 들를 거예요. 작년에 삼촌이 보내 준 엽서에 있던 금문교도 건너고, 삼촌한테 궁금한 걸 모두 물어볼 거예요."

"물어보고 싶은 게 뭔데?"

"정말 듣고 싶어요?"

"물론."

"좋아요, 삼촌. 가장 큰 고민은 이거예요. 사람들은 하나의 신이 있다고 해요. 그렇다면 왜 많은 종교들이 서로 싸우고, 사람이나 올리브 나무와 같이 신이 만든 걸 파괴하는 거예요? 사람이나 나무가 자라는 데 오랜 시간이 걸려요. 그런데 총을 든 사람들은 사람이든 나무든 순식간에 해치우잖아요?"

"누라, 나도 대답해 줄 말이 없구나. 하지만 내 생각은 말해 줄 수 있을 것 같아. 나한테 신은 아주 멋진 목적지야. 누구나 받아 주는 신성한 도시 같은 거지. 사람들은 무수한 길을 따라 그곳으로 여행을 하는 거야. 다양한 종교와 믿음이 바로 그 길이지. 하지만 사람들은 때로 자기들이 걷는 길이나 목적지에 관한 생각만이 진짜라고 여기니까 싸움을 하게 되는 거야."

"삼촌은 그걸 어떻게 알아요?"

"다른 종교를 가진 친구들이 있어. 이슬람교도, 기독교도, 힌두교도, 토속 신앙인, 그리고 팔레스타인에 관심을 갖고 이스라엘의 점령을 끝내고 싶어 하는 유대교도도 있지. 인디언 친구들은 불가사의하고 큰 정신이 사람과 동물, 나무, 그리고 모든 생명체를 연결한다고 믿어."

"나도 그렇게 생각해요. 특히 꽃과 나무들이 그렇죠. 그런데 인디언이 누구예요?"

"유럽 사람들이 오기 전에 원래 북아메리카에 살고 있던 사람들이지. 유럽 인과 인디언 사이의 충돌은 무척 폭력적이었어. 인디언들은 인명 손실이 컸지. 누라, 특히 나한테 아주 특별한 존재인 인디언에 대해 말해 주고 싶어."

메나 삼촌의 목소리가 바뀌었다. 삼촌의 심장이 행복해서 날개를 활짝 펼치는 것만 같았다.

"여자예요?"

내가 넘겨짚었다.

"응."

삼촌이 고개를 끄덕였다.

"하나도 빠뜨리지 말고 전부 말해 주세요."

"엄마하고 다른 사람들한테 말할 적당한 순간이 올 때까지 비밀로 해야 돼. 알았지?"

"물론이죠."

삼촌은 웃음을 띠며 잠시 숨을 고른 뒤 나지막하게 말했다.

"그녀는 내가 무척 사랑하는 여자 친구야."

메나 삼촌의 멋진 이야기를 들을 수 있다는 게 기뻤다. 나는 궁금한 게 더 많아졌다. 하지만 미처 삼촌한테 궁금한 걸 물어보기도 전에 우리는 라말라 중심지에 거의 도착했고, 타일이 쌓여 있는 곳으로 걸어가고 있다는 걸 불현듯 깨달았다. 사람들은 타일을 피해 걸었다. 삼촌은 타일의 의미가 뭔지 물었고 나는 그때마다 설명했다. 팔레스타인 사람이 이스라엘 병사와 대치하다 죽으면 그 자리에 타일을 갖다 놓았다. 우리의 자유를 위해 싸우다 죽은 사람들이 그렇게 상징적인 방법으로 계속 우리 일상의 일부가 되었다.

메나 삼촌은 앞에 있는 타일을 가만히 쳐다보았다. 타일에는 이름도, 날짜도 없었다. 빗방울과 마찬가지로 주인을 알 수 없었다. 삼촌이 조용히 눈물을 흘렸다.

알 마나라 원형 관람석이 가까워지자 우리는 더 이상 걸어갈 수 없다는 걸 알아차렸다. 타이어가 활활 타고 있었다. 불길과 연기가 위험을 알리는 플래카드처럼 알 마나라 귀퉁이 근처에서 춤을 추었다. 예루살렘에서 터진 폭발에 대한 보복으로 라말라에서 군사 작전이 펼쳐졌다는 이야기를 들었다.

삼촌과 나는 발길을 돌려 서둘러 돌아왔다. 서로 손을 꼭 잡고 있었지만, 우리는 아무 말없이 각자의 세상에 빠져 있었다. 내 말과 질문이 머릿속에서 빠져나와 거리에서 사라지는 것 같았다. 호주머니에서 빠져나온 동전을 영원히 찾지 못하는 것처럼 말이다.

그 일이 있고 나서 며칠 동안 라말라에는 폭력이 맹위를 떨쳤다. 메나 삼촌은 우리 가족과 함께 집에서만 지냈다. 삼촌이 아무 말없이 지낼 때도 있었지만, 우리는 삼촌과 함께 있는 게 좋았다. 삼촌은 승객이 한 명도 기다리지 않는 버스 정류장처럼 몇 시간 동안 무표정한 얼굴을 하고 있기도 했다.

"삼촌을 그냥 내버려 두렴. 그 애 마음은 지금 캘리포니아에 가 있어."

할머니가 말하곤 했다.

삼촌이 캘리포니아에 가 있는 거라면 인디언 여자 친구 이야기를 할 때처럼 얼굴에 행복한 표정이 가득해야 할 것이다.

나는 삼촌이 예루살렘에서 할머니와 함께 알 아크사 모스크를 방문하고 있다고 말하고 싶었다. 또 삼촌은 할머니가 검문소를 통과해 알 아크사 모스크에 가서 기도를 드릴 수 없다는 걸 알고 나서 무척 슬퍼했다는 걸 알리고 싶었다. 하지만 그랬다가는 할머니가 모스크를 그리워하며 눈물을 흘릴 거라는 걸 잘 알고 있었다.

어느 날, 메나 삼촌은 아이들이 마당에서 소리치며 싸우는 소리를 들었다. 삼촌은 무슨 일인지 알아보러 나갔고, 할머니와 나도 그 뒤를 따랐다. 아이들은 유대 인과 아랍 인으로 편을 갈라 놀고 있었다. 아이들은 씨름을 하며 싸우는 시늉을 했다.

"미국에서는 이걸 '카우보이와 인디언' 게임이라고 불러. 하지만 미국에서는 너희 모두 인디언 역할을 해야 할 거야."

메나 삼촌이 말했다.

"우리는 인디언이 아니에요!"

아이들이 볼멘소리를 했다.

"나도 할머니도 인디언이고, 라말라 사람 모두 인디언이야. 레드 인디언(아메리카 원주민을 가리키는 모욕적인 말 / 옮긴이)이야. 그리고 저 군인들은 카우보이고."

삼촌이 계속 말했다.

"아이들을 혼란스럽게 하지 마라."

할머니가 삼촌을 꾸짖었다.

"아이들은 이미 혼란스러워하고 있어요. 전쟁은 혼란스러운 거예요."

삼촌은 울부짖기 시작했다.

아이들은 멈춰 선 채 삼촌을 빤히 쳐다보다가 나중에는 서로의 얼굴을 바라보았다. 아이들은 어찌할 바를 몰라 하다 내가 들판에 있는 축구공을 가리키자 모두 그쪽으로 달려갔다. 그렇게 해서 카우보이와 인디언 게임은 막을 내렸다. 할머니는 눈물을 감추려고 바닥을 내려다보았다. 그리고 메나 삼촌은 방으로 들어갔다. 삼촌을 도울 수 있는 방법을 알고 싶었다. 나는 삼촌을 이해하고 싶었다. 잠시 후, 나는 삼촌의 방문을 두드렸다.

"들어와!"

삼촌이 소리쳤다.

"삼촌, 우리 모두 인디언이라고 누가 그래요?"

나는 머뭇거리며 물었다.

"우리나라 사람들 이야기가 인디언 이야기와 똑같아서 그래. 미국의 타일은 인디언의 자유를 짓밟고 쌓은 거니까. 우리가 바로 팔레스타인의 인디언인 셈이지."

삼촌은 나를 껴안으며 말했다.

삼촌이 들려주는 미국 이야기는 내가 만났던 유일한 미국 사람에 대한 기억을 상기시켰다.

그때 나는 친척을 만나러 가는 길이었는데, 라말라 밖의 우리 마을에 있었다. 그 미국인 관광객은 차가 고장 났다. 미국인은 도와 달라고 고함을 질렀고, 마을 사람들은 곧 그 사람 주위로 몰려들었다. 그는 자기 가슴을 가리키며 "미국인."이라고 말했다. 우리는 상을 탄 기분이었다. 우리 한가운데 미국인이 서 있던 것이다.

아저씨 몇 명이 미국인을 데리고 마을 여관인 마다페로 가고, 다른 아저씨들은 미국인의 차를 고쳤다. 아줌마들은 미국인한테 음식을 만들어 주었다. 미국인은 돈을 내밀었다. 우리는 놀라서 눈살을 찌푸렸다. 미국인은 더 많은 돈을 내밀었다. 우리는 웃으면서 아니라고 손짓을 했다. 우리는 아랍 인들은 음식을 먹기 전에 먼저 손님한테 나눠 주며, 언제라도 손님을 반긴다고 설명하려고 했다. 마침내 미국인이 우리가 하는 말을 알아들었다.

미국인은 며칠 동안 마을의 이야깃거리였다. 여자들은 미국인이 아름답다고 생각했다. 단 하루만이라도 미국인처럼 푸른 눈을 가졌으면 좋겠다고 했다. 다른 색깔의 눈으로 바라보는 세상은 어떤 모습일지 알고 싶어 했다. 지금 생각해 보니 그건 다른 종교를 갖는 것과 같은 일이었다.

그날 저녁 식사를 마친 뒤 메나 삼촌은 지붕으로 올라가 잠들기 전까지 별들이 주근깨처럼 박힌 하늘을 가만히 올려다보고 싶어 했다. 나는 할머니의 만류에도 불구하고 찬장 서랍에서 작은 손전등을 꺼냈다. 그리고 삼촌과 지붕으로 올라가 어둠 속에 누웠다. 잠시 후, 엄마와 할머니도 베개를 들고 지붕으로 올라왔다.

"캘리포니아 이야기 좀 해 보렴. 거길 좋아하니?"

엄마가 삼촌한테 물었다.

"예, 아주 많이 좋아해요."

삼촌이 말했다.

삼촌한테 들을 이야기가 아침 해라도 되는 듯 갑자기 내 안에 있는 모든 것이 완전히 깨어나는 기분이었다. 삼촌이 엄마와 할머니한테 여자 친구 이야기를 할 순간이라는 걸 알고 있었다. 나는 삼촌이 하는 말을 하나도 빠뜨리지 않고 듣고 싶었다. 메나 삼촌은 지갑에서 작은 사진 한 장을 꺼내 나한테 건넸다.

"파누야."

삼촌이 사진 속 주인공을 소개했다.

나는 몸을 옆으로 돌려 사진을 손에 쥐고 손전등을 비추었다. 파누의 머리카락은 우리를 둘러싸고 있는 어둠처럼 검은색이었다. 눈도 검은색이었다. 사진 속 그녀는 나를 쳐다보며 웃고 있었다. 나도 웃음으로 대답했다.

엄마와 할머니도 사진을 보고 싶어 했다.

"인디언이니?"

엄마와 할머니가 물었다.

"예. 우리 가족처럼요."

삼촌이 대답했다.

우리 모두 웃었다.

"신의 뜻이라면 받아들이겠어."

할머니가 한숨을 쉬며 말했다.

"파누는 우리 아랍 인들이 낯선 사람에게 원하는 걸 묻지 않고 사흘 동안 집에 머무르게 하듯 나를 그녀의 세상으로 안내했어요. 파누는 인디언 보호 구역으로 나를 데려갔어요. 그녀는 그곳을 '레즈'라고 불렀죠."

삼촌이 말했다.

"삼촌, 뭘 보호하는데?"

내가 물었다.

"사람. 팔레스타인 난민 수용소 같은 거야."

삼촌이 대답했다.

나는 미국에 인디언 보호 구역이 있다는 얘기를 듣고 깜짝 놀랐다. 팔레스타인 사람만 빼고 세상의 모든 사람이 자유로운 줄 알았기 때문이다. 하지만 새로운 영어 단어를 알게 돼 흥분되기도 했다. 그리고 친구들한테 라말라 변두리에 있는 알 아마리 난민 수용소가 인디언 보호 구역과 비슷하다는 이야기를 해 주고 싶어 벌써 입이 근질근질했다. 나는 그제야 메나 삼촌이 우리가 모두 인디언이라고 말한 이유를 알게 되었다.

"파누와는 대학에서 만났어요. 나는 역사학을, 파누는 언어학을 전공했죠. 파누는 사라져 가는 미국 인디언의 언어를 기록한 사전 같은 걸 만들고 싶어 했으니까요. 어느 날 파누는 책꽂이에서 미워크 사전을 꺼냈어요. 내가 미워크가 누군지 묻자 내일 말해 준다고 하더라고요. 다음 날 아침, 파누는 나를 차에 태워 타말파이어스라는 장엄한

산으로 데려갔어요. 강기슭에서부터 솟아올라 정상이 구름에 닿을 정도였어요. 파누와 나는 강을 바라보며 앉았어요. 파누는 '미워크 부족은 이 산에서 살았어. 그들의 눈으로 바다를 보고 싶어 여기 온 거야. 기도처럼 바람 속에서 그들의 목소리가 들려.'라고 했어요. 내가 미워크 부족한테 무슨 일이 일어났는지 물었어요. 파누는 미워크 부족 대부분이 사라졌다고 했어요. 1851년에는 이백오십 명만 남았고, 1880년에는 육십 명으로 줄어들었다고 했어요. 그리고 1920년에는 다섯 명만 남고, 1930년에는……."

우리는 나머지 숫자는 듣지 못했다. 할머니가 삼촌한테 그만하라고 고함을 질렀기 때문이다. 할머니는 미워크 부족이 한 명도 남지 않게 되었다는 말을 듣고 싶어 하지 않았다.

"어머니, 미워크 부족은 자기 부족 모두를, 아니면 대부분을 잃은 수백 개의 미국 인디언 부족 가운데 하나일 뿐이에요. 하지만 많은 부족이 아직도 살아남았어요."

삼촌이 계속 말했다.

할머니가 파누 사진을 뺏다시피 가져가 딸이라도 되는 듯 얼굴 가까이 갖다 댔다. 할머니는 슬픔에 겨워 숨도 제대로 쉬지 못했다.

"얘한테 반지 줬니?"

할머니가 물었다.

"예……."

삼촌은 할머니와 먼저 상의하지 않은 게 마음에 걸리는 듯 주저하며 대답했다. 하지만 삼촌은 그럴 필요가 없었다. 할머니는 삼촌의 이야기를 듣는 내내 파누 사진을 가슴에 품고 있었다.

"파누는 내 약속만을 원했어요. 탐 산 꼭대기에서 민들레로 만든 꽃반지를 끼워 주었어요. 파누 말로는 사랑을 축하하는 영혼이 깃들 것 같으냐고 물었을 때 꽃이 그렇다고 대답했다고 했어요. 또 나도 마음으로 꽃의 대답을 들을 수 있을 거라고 했어요."

삼촌이 말했다.

그날 밤, 나는 갑자기 더 이상 물어볼 게 없다는 생각이 들었다. 평온한 느낌이 가득 찼다. 밤하늘의 별들은 한 소녀의 손가락을 찾으며 하늘에서 자라는 민들레가 되었다. 그리고 우리 눈은, 똑같은 하늘을 보며 진심을 알게 해 달라고 신께 기도를 드리다 먼저 세상을 떠난 우리 부족 사람의 눈이 되고 새로운 소원을 빌 후손의 눈이 되기도 했다.

서늘한 밤바람이 발가락을 간질이며 지붕에서 내려가라고 타일렀다. 삼촌은 우리가 지붕을 내려가기 전에 캘리포니아로 돌아갈 거라고 말했다. 삼촌과 나는 다시 예전처럼 편지와 엽서로 이야기를 주고받아야 한다.

다음 날, 삼촌은 집에 올 때와 마찬가지로 재빨리 떠났다. 삼촌과 할머니 눈에는 눈물이 그렁그렁했다. 삼촌은 할머니가 챙겨 준 세이지 허브, 타임 향신료, 말린 범고래 고기, 식초에 절인 라바네 요구르트, 구운 밀, 파누한테 줄 구운 병아리 콩을 가득 채운 가방 하나를 더 들고 갔다. 나는 '파누에게 사랑을 전하며 - 팔레스타인의 인디언'이라는 인사말을 적은 쪽지를 삼촌 가방에 집어넣었다.

나는 사람 마음을 꿰뚫는 듯한 웃음을 짓는 인디언 여인의 얼굴을 떠올리게 될 것이다. 언젠가 파누가 라말라에 온다면 수많은 질문을 쏟아 낼 것이다. 아니면 내가 간절히 바란다면 언젠가 빛의 속도로 달리는 날개 달린 말을 탈 수 있을지도 모르는 일이었다. 그러면 해가 뜰 때 바다를 가로질러 타말파이어스 산꼭대기로 가서 파누와 삼촌과 함께 바다를 바라볼 수도 있을 것이다. 우리가 저마다의 방식으로 기도를 드린다면, 바다는 모든 사람을 자유롭게 해 달라는 기도로 가득 찰 것이다.

제18조

모든 사람은 자신이 원하는 것을 믿을 권리가 있다. 모든 사람은 종교를 가질 수 있고, 자신의 뜻에 따라 종교를 바꿀 권리가 있다.

양방향 도로를 찾아

맬로리 블랙맨 Malorie Blackman

전산 분야에서 직장 생활을 시작했다. 이후 연기의 길을
모색하다 어린이를 위한 책과 원고를 쓰는 작가의 길
을 걷기로 결심했다. 50개가 넘는 작품을 발표했는데,
《Pig-Heart Boy》와《Hacker》가 있으며 대중들에게
많이 알려진 작품으로는 〈Noughts & Crosses〉 시
리즈가 있다. 2008년에는 어린이 문학에 공헌한 공로
를 인정받아 대영 제국 훈장을 수상했다. 현재 남편과
아이들과 함께 런던에서 살고 있다.

내가 태어나기 전에는
여권과
운전 면허증과
예금 계좌와
공공요금이
성인의 증거였다.

의사소통은
휴대 전화와
사이버 채팅과
수화와
직접 얼굴을 맞대고

이루어졌다.

사람들은
"안녕!"
포옹을 하고
"만나서 반가워."
"어떻게 지내?"
인사를 건넸다.

노래는
"나한테 말해."
"내 말을 헤아려 줘."
"나를 이해해 줘."
"사랑이 필요해."
하는 식이었다.

이 모든 것은
정체성의
증거였다.

이 모든 것은
"나는 지금

여기
준비가
다 되었어,
의사소통을
할 뜻과
능력이 있어."라고
말했다.
하지만 그건
내가 태어나기 전의
일이었다.

내가 태어나기 전에는,
거리 모퉁이마다
지붕마다
카메라도
스캐너도
마이크로 칩 판독기도 없었다.

내가 태어나기 전에는,
학교가 단지 컴퓨터 화면이 아니었고
가상 선생님도 아니었다.
세상 친구들은

게임이나
메뉴에서 고르는 게 아니라,
진짜 얼굴을 가진 사람이었다.
우리는 일련번호나 마이크로 칩
이상의 존재였다.

내가 태어나기 전에는,
비밀과
신비와
사생활이 있었다.
내가 태어나기 전에는.

이제는 없다.

내가 태어날 때,
두개골 맨 아래 부분에
마이크로 칩을 심었다.
마이크로 칩이 없으면 어떻게 되냐고?
정부 수당도 없고,
의료 보험도 없고,
여행도 못하고,
식량 원조도 없고,

식수 공급도 없고,

주거지도 없고,

존재도 없고,

마이크로 칩 평등도 없고,

그 어떤 것도 없다.

아무것도 없다.

그 무엇도 없다.

전혀 없다.

그래서 우리 엄마 아빠는

수락했다.

내가 태어날 때,

마이크로 칩을 이식하는 걸.

"우리 아들이

이 세상에서 살아남기를 원해요.

그러니까 마이크로 칩을 이식해 주세요."

엄마 아빠는 마이크로 칩을 좋아하지 않았다,

마이크로 칩을 원하지 않았다,

하지만 엄마 아빠는 어쩔 수 없었다.

이제 정부는 언제라도

내가 어디 있는지 알 수 있다.

우리 가운데 누구라도

우리 모두가

어디 있는지
늘 알 수 있다.
그리고 우리는 정부가
그러는 걸 지켜보고만 있다.

정부가 말했다.
"법을 준수하는 시민은
두려워할 게 없습니다."

정부가 말했다.
"숨길 게 없는 사람은
두려워할 게 없습니다."

"우리가 두려워할 게 없다면
한두 사람의 자유를 제한하는 건
대수롭지 않은 희생에 불과합니다."
정부가 말했다.

이런 이유로
우리는 신비를 포기해야 했다.

물어보지 않는 게 낫다.

양방향 도로를 찾아

모르는 게 낫다.
받아들이는 게 낫다.

우리의 정보는
컴퓨터에 피드백 된다.
조용히 자리 잡고 있는
최신식 기록 장치는
모든 움직임과
모든 모임과
모든 위치를 캡처 한다.

엄마가 나한테 말했다.
"30년 전만 해도
이런 것은
상상할 수도 없었단다."

아빠가 말했다.
"20년 전만 해도
이런 것은
생각할 수도 없었단다."

"일방통행로야."

엄마가 말했다.
"감시원은 누가 감시하지?"
아빠가 말했다.

하지만 엄마 아빠는
문을 닫아 놓고
그 뒤에서 속삭였다.
나서서
의견을 말해 봐야
소용없다.
어제도 아니다.
오늘도 아니다.
내일도 아니다.
"좋은 시절은 다 지나갔어."
엄마 아빠가 한숨을 쉰다.

소문이
떠돈다.
사실일까 아닐까?
누가 알까?
하지만 나는······
사실이라고 생각한다.

이런 소문은 어떨까?
두개골 맨 아래 부분에
마이크로 칩이 들어 있어
우리가 생각하는 걸 전달한다는
소문 말이다.
심지어 우리 생각을
조절한다는 소문 말이다.

그냥 소문일지 모른다.
하지만 연기가 난다……
그렇다면 불은 어디서 날까?
우리 머리
안쪽일까
바깥쪽일까?

소문이
떠돈다.
모든 생각을
전체 문장을
뒤쫓을 수 있고
추적할 수 있고
감시할 수 있다는

소문 말이다.

그래서 나는

짧게

갑자기

불쑥

생각하려 해.

내 친한 친구인

데니가 말하길

스타카토 음과 같은 짧은 생각은

정지 상태의

*백색 잡음처럼 들린다고 했어.

각운도 없고

이유도 없다.

분별도 없고,

아무 의미 없는 말이다.

진실일까 아닐까?

누가 알겠어?

이제 나는

총에서 발사된

총알처럼

갑자기 생각한다.

*백색 잡음 : 어떤 주파수 대역 내의 모든 주파수의 출력이 포함되어 있는 잡음, 출력이 무한대이므로 실제로는 존재하지 않음 / 옮긴이

올바른 문장 때문에
사라질 수도 있다고…….

생각은 개인적이어야 한다.
정보는 공유되어야 한다.
의사소통은
양방향 도로이어야만 한다.
여행을 위해 선택할 수 있는
도로 말이다.
그렇더라도
우리가 고를 수 있는
도로 말이다.

"좋은 시절은 다 지나갔어."
엄마 아빠가 중얼거려.
하지만 나는 그 말을 믿을
마음의 준비가 안 되었다.
어떤 길이든
길이 있어야 한다.
내 삶을 꾸려 갈
나만의 길이 있어야 한다.
어떤 길이든.

그래서 나는 찾기 시작했다.

내 삶을 꾸려 갈

수단으로

방법으로

양방향 도로를.

나는 그런 길을 찾을 것이다.

나 혼자

총에서 발사된

총알처럼

갑자기 생각하는 게 아니니까.

나는 혼자가 아니다.

이런 생각을 함께 나누는

너희가 있으니까.

너희가 나와 같이 생각하고

나와 같이 느끼기를 바란다.

우리는 함께

양방향 도로를

찾고

탐험하고

여행할 것이다.

제19조

모든 사람은 자기 자신의 의사를 결정하고 좋아하는 것을 생각할 권리가 있다.

또한 어디에 살든 책과 라디오, 텔레비전 등 모든 매체를 통해 다른 사람들과 의

견을 나눌 권리가 있다.

낱말을 석방하라!

마거릿 마이 Margaret Mahy

전업 작가가 되기 전에 오랫동안 사서로 근무했다. 그녀의 작품은 세계 각국에서 출판되었고, 그림책과 소설로 많은 상을 수상하기도 했다. 그중 가장 유명한 작품은 《바니의 유령》과 《The Changeover》인데, 두 작품으로 카네기 상을 두 번 수상했다. 그녀의 고향인 뉴질랜드 어린이 문학계에도 지대한 영향을 미쳤다. 현재 뉴질랜드의 크라이스트처치 근처에 살고 있는데, 글을 쓰지 않을 때는 애완동물과 손자 돌보는 걸 즐긴다.

다니엘의 여동생, 다이애나가 정원에 물을 주고 있었다. 호스는 다이애나 등 뒤에서 가느다란 녹색 뱀처럼 파도 모양을 이루고 있었다.

'뱀! 그렇고말고.'

다니엘이 생각했다.

물은 다이애나 앞에서 은빛 뱀처럼 곡선을 그리다 배추 잎 위로 후드득 소리를 내며 떨어졌다.

"이제 오빠 차례야. 갓하고 물냉이에 물 줘."

다이애나가 소리쳤다.

"안 돼. 나는 뱀 공포증이 있잖아."

다니엘이 이를 드러내 놓고 싱긋 웃었다. '뱀 공포증'이라는 낱말은 처음 사용하는 거였다. 다니엘은 그 낱말을 쓸 기회가 오리라고는 생각하지 못했다. 다니엘은 머리 위로 허공에 대고 주먹질을 했다.

다이애나는 화가 나서 앓는 소리를 냈다.

"아니야. 뱀 공포증 같은 건 없어."

다이애나가 고함을 질렀다. 얼굴에 생기가 돌았다.

"아빠! 오빠가 또 그래요."

다니엘은 아빠가 두 사람 뒤로 걸어오는 소리를 듣지 못했다.

"오빠가 뭘 또 그런다는 거니?"

아빠가 물었다.

"오빠가 멍청한 말을 해요. 욕은 아니고 멍청한 말이요. 그냥 멍청한 말이에요. 표지가 파란 책에서 보고 배운 말이에요. 그리고 오빠가 물 줄 차례인데 안 하려고 해요."

다이애나가 우는 소리를 했다.

"저는 뱀 공포증이 있다는 말을 했을 뿐이에요. 그건 '뱀을 무서워한다.'는 뜻이에요. 뱀을 두려워한다는 거죠. 호스를 보면 겁이 나요."

다니엘이 변호를 하듯 말했다.

"아니야. 그렇지 않아."

아빠가 말했다.

아빠는 다이애나한테서 호스를 빼앗아 다니엘한테 던졌다. 다니엘은 마지못해 호스를 잡았다.

"다니엘, 낱말에 대한 강박 관념은 잊어버리고 올림픽 스포츠 클럽에 가입했으면 좋겠구나. 아빠가 네 나이 때 그랬던 것처럼 럭비를 하는 거야. 럭비는 정말 재미있는 운동이란다."

"난 럭비를 하고 싶지 않아요."

다니엘은 호스를 갓과 물냉이 밭에 집어 던지며 말했다.

"난 정말 럭비를 하고 싶지 않아요. 나는 낱말 소년이에요. 세상의 모든 낱말을 쓰고 싶어요."

"다른 사람이 알아듣지 못하는 말을 써 봤자 소용없어."

다이애나가 목소리를 높였다.

"사내아이한테는 생기 넘치는 낱말이 어울리는 법이야."

가족이 다투고 있는 이유를 확인하려고 온 엄마가 말했다.

"그건 그렇지. 나는 네가 어떤 낱말을 사용해도 상관 안 해. 다만 균형을 잡아야 한다는 거지. 워, 조심해. 채소에 물을 주라고 했지 익사시키라고는 안 했어."

아빠가 말했다.

다니엘이 한숨을 쉬었다. 아빠는 몇 년 전만 해도 럭비 팀 주장이었고, 아빠한테는 그때가 영광스러운 순간이었다. 요즘 아빠는 다니엘이 자신의 뒤를 잇는 걸 보며 기억을 되살리고 싶어 했다. 하지만 다니엘은 럭비 경기를 구경하는 건 좋아했지만, 직접 경기를 하며 바닥에서 뒹굴고 싶어 하지는 않았다.

"네가 몰라서 그렇지. 올림픽 스포츠 클럽에 가면 또 다른 세상을 발견하게 될 거야. 스크럼을 짜고 빙빙 돌면서 재미있는 말을 많이 듣게 될 거야."

아빠가 싱긋 웃으며 말했다.

"엄마 아빠는 내가 그런 말을 쓰는 걸 바라지 않을 거예요."

다니엘이 소리 내어 웃으며 말했다.

다니엘은 공교롭게도 바로 다음 날 귀가 번쩍 뜨이는 낱말을 들었다. 수업을 마치고 집으로 돌아오는 길이었다. 다니엘은 말리 스트리트 학교의 푸른 교복을 입고 큰 소리로 떠들어 대는 아이들과 보조를 맞추며 걷고 있었다. 그 학교는 다니엘이 다니는 학교에서 멀리 떨어진 아주 황폐한 거리에 있었다. 아이들이 서로 고함을 질러 대자 낱말이 벌 떼가 되어 다니엘 주위를 맴도는 느낌이었다. 하지만 그건 이미 다니엘이 알고 있는 낱말이었다.

"쓰레기 같은 말만 하네."

다니엘 등 뒤에서 누군가 소리를 질렀다. 하지만 다니엘한테 하는 말은 아니었다.

"야, 미안! 나는 말할 때는 의도대로 정확하게 말해야 한다는 거야."

약간 쉰 듯한 두 번째 목소리가 맞받아 소리쳤다.

"더도 덜도 말고."

쉰 듯한 목소리가 덧붙여 말한 뒤 웃음을 터뜨렸다.

다니엘은 아빠가 말리 스트리트에 살았었고, 그곳에서 멀찌감치 벗어나기 위해 열심히 일했다는 걸 알고 있었다. 푸른 교복도 마찬가지이고. 아빠는 요즘 멋진 차를 몰고, 전망이 아름다운 집에 사는 걸 자랑스러워했다. 아빠는 다른 나라로 이민을 오기라도 한 것처럼 말했다.

"말하려는 의도를 정확하게 표현할 수 없어."

첫 번째 목소리가 비웃는 투로 말했다.

"아니야, 나는 할 수 있어. 그렇게 말한다고. 나는 낱말의 제왕이야."

두 번째 목소리가 말했다.

목소리의 주인공은 모두 여자아이였다. 하지만 뒤에 있는 아이들 가운데 누구인지는 알 수 없었다. 다니엘은 그 애들이 하는 낱말 놀이에 슬며시 매료되어 어깨 너머로 뒤를 흘끗 쳐다보았다.

"야! 너 왜 그렇게 빤히 쳐다봐?"

한 여자아이가 소리쳤다.

"세인트 캐서린 학교 남자애들은 늘 우리 몸을 더듬으려고 하지."

이번엔 다른 여자아이가 말하자 주위에 있던 아이들이 웃음을 터뜨렸다.

다니엘은 이런 상황에서는 아무리 재치 있게 대답을 하더라도 조롱거리가 되고 말 거라는 걸 알았다. 지금이야말로 겁쟁이처럼 가만히 있는 게 현명한 짓이었다. 다니엘은 말리 스트리트 아이들의 조롱을 무시하고 고개를 돌렸다. 그 애들이 비웃으며 노래를 불렀다.

"세인트 캣! 세인트 캣! 거드름이나 피우는 버릇없는 녀석들이라네."

"수업을 마치고 집으로 돌아오는 길에 '말할 때는 의도대로 정확하게 말해야 한다.'라는 이야기를 들었어요."

다니엘은 그날 저녁 식사를 하며 엄마 아빠한테 말했다.

"책 읽는 걸 좋아하는 아이가 있나 보네. 《이상한 나라의 앨리스》에 나오는 말 맞지? 루이스 캐럴이 지은 책 말이야. 맞을 거야."

아빠가 말했다.

"힘프티 덤프티가 한 말이야. 《거울 나라의 앨리스》에서 말이야. 그 책에서 힘프티 덤프티가 '나는 말할 때 의도대로 정확하게 말해. 더도 덜도 말고.'라고 하거든."

엄마가 분명히 말했다.

엄마는 책의 내용을 알고 있었다.

"그 여자애가 바로 그렇게 말했어요!"

다니엘이 소리쳤다.

"좋은 학교에 가면 그런 이야기도 우연히 듣게 되는 거야."

아빠가 말했다.

다니엘은 말리 스트리트 학교 여자애한테 들은 이야기라는 건 말하지 않았다. 말리 스트리트는 다른 나라와 같았고, 다니엘이 좋은 학교에 다니기 위해 엄마 아빠는 많은 돈을 부담해야만 했다.

하지만 다음 날, 다니엘은 먼 길을 돌아 집에 오기로 마음먹었다. 그리고 다시 말리 스트리트 애들 틈에 끼게 되었다. 다니엘은 자기가 다니고 있는 학교 애들보다 말리 스트리트 애들이 훨씬 다양하다는 생각을 하며 곁눈질로 그 애들을 쳐다보았다. 다니엘과 별반 달라 보이지 않는 아이도 있었지만, 대부분은 교복도 제대로 맞지 않고 꾀죄죄해 보였다.

"그건 불법이야."

한 아이가 고함을 질렀다.

"법! 그놈의 법은 질병처럼 유전된단 말이야."

다른 아이가 잘난 체하며 응수했다.

전날 들었던 쉰 목소리 여자아이다. 정말 저 여자애가 생각해 낸 말일까? 다니엘은 한쪽으로 비켜서서 여자애가 지나가는 걸 지켜보았다. 이번에는 여자애를 찾아낼 수 있었다. 그 애는 키가 크고 마른 체격에 얼굴은 주근깨로 덮여 있었다. 머리카락은 색 바랜 후광처럼 머리를 빙 둘러 튀어나왔다.

"합법이든 불법이든, 어리석은 이는 돈을 오래 지니고 있지 못하는 법이야."

다니엘은 책 표지가 파란 명언 집에서 찾은 문구를 인용해 재빨리 말했다.

다니엘한테 신경 쓰는 아이는 없었다. 하지만 키가 크고 색 바랜 머리카락의 그 여자애가 고개를 돌려 다니엘을 빤히 쳐다보았다. 다니엘은 마치 그 여자애만 알아차릴 수 있는 암호를 말한 것 같았다. 여자애는 다니엘한테 반걸음 정도 걸어간 뒤 멈춰 섰다.

"네가 생각해 낸 말이 아니야."

여자애가 말했다.

다니엘과 여자아이는 서로를 도발적으로 쳐다보며 서 있었다. 나머지 아이들이 시끌벅적하게 떠들며 두 사람 앞을 둘러섰다.

"너도 네가 생각해 낸 말만 하는 건 아니잖아."

다니엘이 쏘아붙였다.

"하지만 너희 패거리에 관한 한 너는 구결손증을 개발해야 돼."

다니엘이 재빨리 덧붙여 말했다.

"뭐라고?"

여자애가 물었다. 다니엘은 여자애가 놀랐을 뿐 아니라 호기심을 보인다는 걸 알아차렸다. '구결손증'은 일종의 미끼였고, 여자애가 덥

석 문 셈이었다. 다니엘은 한숨을 쉬었다. 구결손증은 사람들이 일시적으로 말을 할 수 없는 상태라는 걸 설명하려니 불안해졌다. 하지만 그때 누군가 여자아이 팔을 잡은 뒤 소리를 질렀다. 그 애는 끌려가면서 다니엘을 한번 쳐다보았다. 다니엘이나 구결손증이라는 말은 잊어버린 것만 같았다.

다음 날은 토요일이었다. 다니엘은 우아한 연철 문 근처를 돌아다니다 넓은 공원 너머를 쳐다보았다. 말리 스트리트는 맞은편에 있었고, 평판이 안 좋은 학교는 말리 스트리트 변두리에 있었다. 그리고 말리 스트리트 어딘가에 인용문을 가지고 농담을 하고 낱말에 호기심이 많은 주근깨투성이 여자애가 큰 소리를 치며 살고 있을 것이다. 다니엘은 무관심한 척하며 발을 끌면서 왔다 갔다 했다. 공원 건너 말리 스트리트로 걸어가게 된다면 그건 순전히 우연이라고 생각하고 싶었다.

"어디 가?"

갑자기 다니엘 등 뒤에 나타난 다이애나가 물었다. 다이애나는 다니엘보다 어렸고, 종종 오빠를 쫓아다니곤 했다.

"신경 쓰지 마. 아무 데도 안 가."

다니엘이 말했다.

다니엘은 여동생이 집 안으로 들어가자 재빨리 거리로 내려갔다. 작은 참나무 숲을 지나 길 건너편 넓은 공터까지 뛰어갔다. 풀로 덮인 들판이 낯선 바다 물결처럼 주름지며 넘실거렸는데, 주름 한가운데가 얼어붙은 모양이었다. 다니엘은 뛰고 또 뛰었다. 조깅하는 사람들이 숨을 헐떡거리며 지나갔다. 아빠와 꼬마 세 명이 빨간 공을 가지고 놀고 있었다.

다니엘은 누군가 쫓아오는 느낌에 때때로 주위를 살피다 뒤를 흘끗 쳐다보았다. 하지만 완만한 언덕을 이루고 있는 들판에 스파이로 보이는 사람은 없었다. 물론 경계선을 따라 자라난 덤불에 누군가 숨어 있을지도 모르는 일이다. 여름 산들바람 때문이 아니라 다른 이유로 나뭇잎이 흔들리는 것 같았기 때문이다. 공원 가장자리에는 생울타리와 나무 말뚝, 그리고 작은 층계참 꼭대기에 아치 모양 출입구가 있었다. 다니엘은 다른 세계로 이어진 경계에 흥미를 느끼며 공원으로 걸어 들어갔다.

맞은편 가장자리에 가까이 갈수록 공원은 황폐했다. 다니엘이 살고 있는 쪽의 공원과는 달리 세심하게 물을 주지 않아 풀이 말라 있었다. 왼쪽 구석에는 놀이터가 있었는데, 시소는 가운데가 부러지고 그네 하나는 뒤틀려 있었다. 그나마 매달려 있는 그네는 황량해 보이고, 바람이 약하게 불자 가볍게 흔들렸다. 끊어진 사슬은 그네 의자 밑 진흙투성이 물웅덩이에 뱀처럼 구부러져 있었다.

"뱀 공포증도 극복했어. 네가 무섭지 않아."

다니엘이 웃으며 말했다.

다니엘은 계단을 올라가 아치 모양 출입구에 도착했다. 대담하게 출입구로 들어갔다. 헬리콥터 프로펠러 바람에 날려가지 않으려는 듯 작은 집들이 다닥다닥 붙어 있는 거리가 나왔다. 다니엘은 시의회가 집을 모두 허물고 그 자리에 현대식 아파트를 짓는다는 계획을 들은 것도 같았다. 어느 집은 깨진 창문에 널빤지를 대고 있었는데, 외눈으로 바다 같은 잔디밭을 노려보는 해적의 집처럼 보였다.

거리 아래쪽으로 더 내려가자 건물들이 뒤죽박죽 뒤섞여 있는 게 보였다. 푸른색 하늘을 배경으로 녹색 건물이 지평선 위로 우뚝 서 있다. 학교다. 전봇대에 '말리 스트리트'라는 간판이 보이고, 그 간판 너머로 운전자들에게 서행하라는 안내판이 서 있는 횡단보도가 있었다. 다니엘은 학교 정문에서 서성거렸다. 창고 같은 학교 건물 뒤편은 거리를 향해 있었는데, 낙서로 뒤덮여 있었다. 잘 알려진 네 글자짜리 낱말인데, 철자를 맞게 쓰는 건 쉽지만 말하는 건 금지된 낱말이었다. 학교 담은 깨끗했다. 오른쪽 옆으로 럭비 골대가 서 있는데, 텅 빈 경기장을 사이에 두고 맞은편 럭비 골대와 마주 보고 있었다.

"야!"

등 뒤에서 목소리가 들렸다.

다니엘이 고개를 돌렸다. 놀랍게도 바로 그 여자아이였다. 색 바랜 머리카락이 햇살을 받아 붉게 타오르고, 주근깨는 황금 알갱이같이 보였다. 여자아이가 다니엘 앞에 서 있었다. 다니엘은 여자아이와 우연히 마주치고 싶어 했다는 걸 인정하지 않을 수 없었다. 행운이 찾아들어 토요일에 둘이 얼굴을 마주하게 된 것이다. 둘은 교복을 입고 있지 않았고, 여자아이의 수다스러운 친구들도 없었다. 또 둘이 서로 다른 곳에 산다는 걸 생각하지 않아도 되었다.

"여기서 뭐 해?"

여자아이가 조롱하듯이 물었다.

"내가 원하기만 하면 여기 올 수 있어. 자유 국가니까. 저쪽 공간도 자유 공원이야."

다니엘이 대답했다.

"넌 상류층 학교 학생이야. 거만한 아이라는 거지. 그리고 넌 어제 우리 주위를 배회했어. 저쪽에서 건너왔지?"

여자아이가 손가락으로 가리키며 말했다.

다니엘은 공원 너머를 쳐다보았다. 높은 집의 뾰족한 지붕이 바로 자기 집이라는 걸 알아차렸다.

"너는 부자 동네에 살잖아. 부는 축적되나 인간은 파멸하는구나(올리버 골드스미스의 시, 〈버려진 마을〉의 일부 / 옮긴이)."

여자아이가 말하면서 다니엘이 그 시구를 알고 있는지 살피느라 골똘히 쳐다보았다. 다니엘이 이를 드러내고 싱긋 웃었다.

"왜 그런 식으로 말하는 거니? 예전에도 그렇게 말하는 걸 들었는데."

다니엘이 말했다.

"나? 그냥 내가 말을 만드는 거야."

여자아이가 어깨를 으쓱하며 말했다.

"아니야. 네가 만든 게 아니야. 책에서 인용한 거잖아. 전에는 험프티 덤프티의 말을 인용했고."

다니엘이 말했다.

"험프티 덤프티라고? 아니야. 안 그랬어."

여자아이가 분개하며 소리쳤다.

"아니야. 네가 그랬어. 《거울 나라의 앨리스》에서 험프티 덤프티가 한 말이었다고. 그건 책에 나오는 말이야."

다니엘이 근거를 대며 말했다.

"그래, 그 험프티 덤프티. 책에 나온다는 걸 알아. 나도 읽었으니까. 나는 책을 읽을 수 있으니까."

여자아이가 생강을 씹은 듯한 표정으로 다니엘을 쳐다보며 말했다.

"지금 읽는 책은 뭔데?"

다니엘이 물었다.

자기 질문이 왠지 우스꽝스럽다고 생각했지만, 여자아이가 무슨 책을 읽는지 알고 싶었다.

여자아이가 다니엘을 빤히 쳐다보았다.

"《올리버 트위스트》. 정말 훌륭한 책이야."

여자아이가 말했다.

둘은 나란히 선 채 이야기를 주고받으며 천천히 걸어갔다. 이제 둘은 공원으로 이어지는 작은 계단에 도착했다.

"《올리버 트위스트》라고? 그거 고전이지?"

다니엘이 여자아이한테 길을 비켜 주며 말했다.

"읽어 봤니?"

여자아이가 어깨 너머로 쳐다보며 물었다.

"아니, 집에 있긴 한데 아직 읽지는 못했어."

다니엘은 읽었다고 말하고 싶었지만 마지못해 안 읽었다고 대답했다.

"내가 읽고 있는 건 다이제스트 판이야. 우리 아빠는 다이제스트 판은 가치가 없다고 말하지만, 나는 어느 정도는 가치가 있다고 생각해. 어쨌든 그 책이 너무 좋아. 너는 무슨 책을 읽고 있니?"

여자아이가 물었다.

"〈해리 포터〉 시리즈 마지막 권. 한 번 다 읽었는데, 다시 읽는 거야."

다니엘이 말했다.

"〈해리 포터〉 정도면 괜찮아."

여자아이는 짐짓 잘난 체하며 말했다.

"선생님, 조금 만 더 주세요(《올리버 트위스트》의 주인공인 올리버가 구빈원에서 도제로 생활하다 불충분한 식사에 항의하며 하는 말 / 옮긴이)."

여자아이는 말을 마친 뒤 활짝 웃었다. 다니엘은 그 애가 아직도 책에 나오는 문구를 인용하고 있다고 생각했다.

"책이 머리로 들어왔다가, 말할 때 밖으로 나가."

여자아이가 말했다.

공원 가장자리의 덤불이 다시 한 번 흔들렸다.

"가야 돼."

다니엘이 시계를 들여다보며 말했다.

"이름이 뭐니?"

다니엘이 망설이다 물었다.

"테시야, 테시 마컴. 너는?"

여자아이가 대답했다.

"나는 다니엘이야. 다니엘 해리슨. 다음에 봐."

다니엘이 말했다.

"어쩌면! 못 볼 수도 있고."

테시가 다니엘과 반대 방향으로 발길을 돌리며 말했다.

그날 저녁, 다니엘은 아빠가 무슨 이유에선지 짜증스러워한다는 걸 알아차렸다.

"네가 말리 스트리트를 어슬렁거렸다는 이야기를 들었다."

아빠가 마침내 입을 열었다.

다니엘은 깜짝 놀라서 아빠를 쳐다보았다.

"나한테 감추려고 해도 소용없어. 어쩌다 거길 간 거니?"

아빠가 물었다.

다니엘이 어깨를 으쓱거렸다.

"저는 그냥 공원을 지나간 것뿐이에요."

다니엘은 다이애나가 양파와 당근에서 행운을 찾기라도 하듯 채소 수프 그릇을 뚫어지게 쳐다보고 있는 걸 눈치챘다. 다니엘은 덤불이 획 하고 움직이던 걸 떠올렸다. 늘 이런 식이다. 다이애나는 다니엘을 뒤쫓아 갔다가 테시와 만나는 걸 훔쳐본 게 틀림없었다. 그러고는 집으로 달려와 다 일러바쳤을 것이다.

"그 동네에는 가까이 가지 않는 게 좋다. 안전하지 않거든. 깡패도 돌아다니고. 두들겨 맞을 수도 있어."

아빠가 말했다.

"오후에는 괜찮아요. 어쨌든 저하고 이야기한 여자애는 깡패가 아니에요. 그 애는 책을 많이 읽어요.《이상한 나라의 앨리스》와《올리버 트위스트》같은 명작을 많이 읽는다고요. 그 애가 우리 학교를 가리키며 '부는 축적되나 인간은 파멸하는구나.'라고 말했어요."

다니엘이 따지듯 말했다.

아빠 표정이 바뀌었다. 처음에는 귀찮은 표정이었다가, 그다음에는 의도하지는 않았지만 흥미로운 표정이 나타났다.

"그 말은 그 애가 한 게 아니다. '부는 축적되나 인간은 파멸하는구나.' 이 말을 누가 맨 처음 했는지 모르지만, 확실히 그 애가 한 말은 아니야."

아빠가 말했다.

"학교에서 배웠을 수도 있죠."

다니엘이 말했다.

아빠 얼굴이 다시 굳어졌다.

"다니엘, 잘 들어. 그 동네는 늘 위험한 곳이야. 나도 그곳에 산 적이 있지만, 결국 그곳에서 탈출했잖니. 네가 그곳에 다시는 가지 않았으면 좋겠다. 그리고 말리 스트리트 학교 여자애와 어울리지 않았으면 한다."

아빠가 말했다.

"여자아이들은 럭비를 하지도 않고요."

다이애나가 뻔뻔스럽게 말했다.

다이애나는 다니엘이 괴로워하는 걸 즐기며 그만두고 싶어 하지 않았다.

"난 책을 많이 읽는 친구를 사귈 수 있어요."

다니엘이 따지듯 말했다.

"나한텐 친구를 선택할 권리가 있다고요. 비록……."

마음속으로 생각하고 있는 걸 말로 표현하려고 안간힘을 썼다.

"그러니까 내 말은 그 친구 출신이……."

다니엘은 잠깐 쉬었다가 다시 말했다.

"나하고 잘 통하는 친구하고 사귀는 게 왜 잘못이에요?"

"잘못은 아니지. 하지만……."

아빠가 말을 꺼내려다 멈추었다.

"다니엘, 내 말을 잘 들어 봐. 네가 성인이 되기 전까지 몇 년 간 더 너를 돌봐야 하는 건 내 임무야. 그러니 말리 스트리트를 어슬렁거리지 않았으면 좋겠다. 알았니?"

아빠가 마침내 말했다.

"그 여자애가 우리가 사는 곳으로 오면 되잖아."

다이애나가 교활하게 말했다.

"아니야, 그럴 수는 없다. 그렇게 되면 우리 집 벽이 상스러운 말로 도배될 거고, 깡패가 우리 집 정원을 활보할 거다!"

아빠가 고함을 질렀다.

다이애나와 다니엘은 침묵에 잠겼다.

"오빠는 남자 친구를 사귀어야 돼. 아빠가 바라는 대로 올림픽 스포츠 클럽에 들어가."

나중에 다이애나가 말했다.

"아빠는 나 보고 늘 럭비 하는 남자애들과 어울려 다니라고 하잖아. 나도 럭비 경기를 구경하는 건 좋아해. 하지만 아빠가 좋아한다고 해서 나까지 럭비를 하고 싶지는 않다고. 나는 테니스가 좋아. 그 '테시'라는 여자애가 어떤 말을 하면, 내가 맞받아서 치고. 이렇게 말로 테니스를 하는 것처럼 말이야."

다니엘이 투덜대며 말했다.

그런 일이 있고 나서 다니엘과 테시는 한동안 별나면서도 은밀하게 만났다. 주위에 누가 있느냐에 따라 만나는 방식이 바뀌었다. 학교 수업을 마치고 집으로 돌아오는 길에 둘 사이에 거리를 두고 걸으며 눈짓을 주고받을 때도 있었다. 또 일부러 학교에서 늦게 나와 함께 걷기도 했다. 둘은 멋진 인용문을 준비하느라 애썼다.

"혁명의 첫 번째 임무는 성공하는 거야."

테시가 말했다.

"어디서 읽은 거니?"

다니엘이 물었다.

"그건 중요하지 않아. 중요한 건, 이제 그걸 책에 가둬 놓아서는 안 된다는 거야. 책에 있는 낱말을 종이비행기처럼 하늘로 날려 보내고 싶어."

테시가 정말 낱말을 놓아주듯 팔을 머리 위로 흔들며 웃었다.

"낱말을 놓아줘야 한다는 건 일종의 법이야."

테시가 웃음을 멈추지 않으며 혼잣말을 하듯 말했다.

"법은 질병처럼 유전된다."

다니엘이 응답했다.

테시는 제자리에 멈춘 채 다니엘을 빤히 쳐다보았다.

"어디서 읽은 거니?

테시가 물었다.

"그건 중요하지 않아."

다니엘이 멋지게 앙갚음을 했다. 다니엘이 테시를 흉내 내 팔까지 흔들자 둘은 웃음을 터뜨렸다.

이후로 몇 주일 동안 다니엘과 테시는 계속 만났다. 둘의 동네를 가르는 풀로 뒤덮인 바다를 따라 걸었다. 잡담을 나누고, 주장을 펼치고, 이야기를 나누며, 낱말을 놓아주었다. 그렇다고 매일 만나는 것은 아니었지만, 둘이 함께 놓아준 때로는 신랄하고 때로는 가슴 떨리는 낯선 낱말로 공원 전체가 활기를 띤다는 생각이 들 정도로 자주 만났다. 다니엘은 테시와 비밀 언어 게임을 즐기고 있다고 생각했다. 풀로 뒤덮인 바다를 건널 다리를 놓고, 공원 한편과 맞은편을 연결하려고 노력하면서 말이다.

"우리가 하는 게 이상하다고 생각하니?"

어느 날, 다니엘이 무슨 뜻인지 다시 물어오기를 바라며 물었다.

"알게 뭐야. 전염되는 것도 아니잖아."

테시가 대답했다. 그러고 나서 의기양양하게 덧붙였다.

"기이한 행동은 불법이야."

다니엘 아빠는 종종 둘의 이상한 우정을 방해하려고 했다. 둘을 떼어 놓을 궁리만 하는 사람처럼 인상을 찌푸렸다.

"하지만 아빠, 나도 좋은 친구를 사귈 권리가 있잖아요?"

다니엘은 몇 번이고 같은 이야기를 반복했다.

엄마는 다니엘 편을 들었다.

"두 아이가 하는 거라곤 이야기를 나누며 돌아다니는 것뿐이잖아요. 그건 피해를 주지 않아요. 당신도 기이한 친구들이 있잖아요? 토미 바틀릿이 그렇잖아요?"

엄마가 말했다.

"토미라고?"

아빠가 말했다.

아빠 얼굴이 부드러워졌다.

"그래. 토미는 정말 물건이지. 그러니까 내 말은……. 맞아, 토미는 부대처럼 거칠었지만 늘 웃겼어."

"토미 아저씨가 농담을 잘한다고요? 우스갯소리로 웃기나요?"

다니엘이 물었다.

"토미는 농담을 잘하지. 요즘은 토미처럼 웃긴 사람을 찾아볼 수가 없을 정도라니까."

아빠가 말했다.

어느 날, 다니엘이 늦게 집으로 돌아왔다. 다니엘은 아빠가 공원 너머 테시 동네에 다시는 가지 못하게 할까 봐 걱정이 되었다. 그런데 그날 아빠는 저녁 먹을 시간이 지날 때까지도 돌아오지 않았다.

"아빠 음식이 식지 않게 데워 놔야겠다."

엄마가 접시를 오븐에 밀어 넣으며 말했다.

"아빠가 저녁을 직접 차려 드시게 해야 돼요. 요즘 아빠들은 요리도 한대요."

다이애나가 말했다.

"그래, 나도 알아. 하지만 요새 아빠가 많이 힘들어하잖니. 아빠도 일이 재미있지는 않을 거야. 그러니까 아빠가 집에 왔을 때는 응석을 부릴 만도 하다는 거야. 녹초가 되어서야 집으로 돌아오니까."

엄마가 말했다.

하지만 그날 집으로 돌아온 아빠는 피곤해 보이지 않았다. 오히려 활짝 웃었다. 아빠는 서류 가방을 내려놓고 두 팔을 벌렸다.

"안녕, 세상에서 제일 멋진 아내여!"

아빠가 소리쳤다.

엄마 표정이 바뀌었다.

"술 마셨죠?"

엄마가 말했다.

다니엘과 다이애나는 아빠가 안락의자에 털썩 주저앉는 걸 쳐다보았다. 아빠는 여전히 웃으며 크게 한숨을 내쉬었다.

"응, 좀 마셨어. 하지만 많이는 아니야. 맹세할 수 있어. 뭐라 그럴까. 그래, 쾌활한 것뿐이야. 마음이 가볍다고 할 수 있지. 토미 바틀릿을 만났거든."

아빠가 말했다.

"토미 바틀릿! 감옥에서 나온 거예요?"

엄마가 생각에 잠겨 말했다.

아빠는 귓가에 맴도는 엄마 말을 듣지 않으려는 듯 머리를 좌우로 흔들었다.

"그래, 맞아. 하지만 토미는 아직도 웃기더군. 아주 잠깐이었지만 토미와 함께한다는 건 일종의 위안과도 같았어."

아빠가 말했다.

엄마는 아무 말도 하지 않았지만 아빠는 엄마 표정에서 무언가를 읽은 게 분명했다.

"이봐, 나는 친구를 선택할 권리가 있다고. 그리고……."

아빠는 말을 하다 말고 멈췄다. 곁눈질로 다니엘을 쳐다보았다.

"나한테 맞는 친구를 사귈 권리가 있어. 다른 마을 친구일지라도 말이야."

아빠가 천천히 말했다.

"토미 바틀릿 아저씨는 어느 마을 출신인데요?"

다니엘이 물었다.

아빠가 몸을 앞으로 숙인 뒤 두 손으로 얼굴을 가렸다. 신음 같은 소리를 냈다.

"말리 스트리트."

아빠가 중얼거리듯 말했다.

"말리 스트리트라고!"

아빠가 고개를 들어 올리며 말했다.

"토미는 경찰관을 때린 혐의로 감옥에 갇혀 있었지. 알다시피 나는 말리 스트리트에서 탈출했어. 다른 동네로 이사를 간 거야. 난 다시는 말리 스트리트 쪽으로는 발을 담그고 싶지 않았어."

아빠는 한숨을 쉰 뒤 안락의자 팔걸이를 세게 쳤다.

"하지만, 좋아. 너도 친구를 선택할 권리가 있다고 생각해. 좋은 친구라면 말이야. 그들이 어디 출신인지는 크게 중요한 것 같지 않아."

"아빠는 말리 스트리트 시절을 떠올리는 걸 싫어해."

그날 밤, 엄마가 다니엘한테 인사를 하러 들렀다가 말했다.

"하지만 아빠는 토미 바틀릿한테서 완전히 등을 돌릴 수는 없었던 거야. 어쨌든 아빠는 이제 너와 테시가 낱말로 성을 쌓는 걸 허락할 마음의 준비가 된 것 같아."

엄마가 말했다.

"우리는 성을 쌓는 게 아니에요. 그냥 책을 읽고, 낱말을 말하고, 낱말을 놓아주는 것뿐이에요."

다니엘이 말했다.

"좋아. 대부분의 낱말이 자유로워져야지."

엄마가 다니엘의 말에 수긍했다.

"물론 모든 낱말은 아니고."

엄마는 재빨리 덧붙였다.

"그냥 대부분의 낱말 말이야. 하지만 언젠가 테시를 우리 집에 초대한다면 법석을 떨지 않고 좋은 낱말을 생각해 낼 거야. 지금은 잘

자렴!"

엄마가 문으로 걸어갔다.

"엄마, '법석을 떤다.'라는 게 무슨 뜻이야?"

다니엘이 소리쳤다.

"낱말 소년이 직접 사전에서 찾아봐."

엄마가 웃으며 말했다.

"아니면 네 스스로 생각해 보든가."

엄마가 전등 스위치를 끄며 말했다.

다니엘은 엄마가 방을 나간 뒤 서늘한 베개에 머리를 눕히고 가만히 있었다. 하지만 머릿속에는 놀라운 인생과, 서로 몸을 밀치며 자유롭게 춤추는 황홀한 낱말이 빙빙 돌았다. 너희가 어느 곳에 살고 있든 말이다.

제20조

모든 사람은 권리를 지키기 위해 평화적인 방법으로 모임을 갖거나 단체를 만들 권리가 있다. 어느 누구도 자기가 원하지 않는 집단에 소속될 것을 강요당하지 않는다.

조조, 춤을 배우다

메자 므왕기 Meja Mwangi

흥미진진하고 다재다능한 작가로 세계적으로 인정
받고 있다. 1948년에 케냐 나뉴키에서 태어나, 1973
년에 첫 번째 소설인 《Kill Me Quick》을 발표했
다. 이후 성인과 어린이를 위한 글을 썼는데, 《The
Mzungu Boy》, 《The Boy Gift》, 《The Big Chiefs》
등의 작품이 있다. 그의 많은 작품은 식민지 정부 치
하의 1950년대 케냐의 어린 시절에서 영감을 받았으
며, '불의'가 공통적인 주제이다.

조조는 현자로 불리는 포포 할아버지가 도착하는 걸 지켜본 순간, 범상치 않은 일이 벌어질 거라는 걸 알아차렸다. 포포 할아버지는 생각에 잠긴 채 나무 그늘에 앉아 기다렸다. 잠시 후 다른 까마귀들이 흥분해서 떠들며 삼삼오오 짝을 지어 모여들었다. 가장 큰 무리가 거대한 나무 상자를 가져와서는 마당 한구석에 놓았다. 그러고는 한 발로 깡충깡충 뛰며 "쪼쪼! 쪼쪼! 쪼쪼!" 노래를 불렀다.

조조는 그런 모습을 한 번도 본 적이 없었다.

"모두 쪼쪼를 외치고 있어."

엄마가 얘기해 주었다.

"쪼쪼 삼촌을 말하는 거야? 외삼촌한테 무슨 일 있어?"

조조가 물었다.

"아무 일도 없어. 자, 고고 외숙모 집에 가서 엄마가 도와 달란다고

전하고 오렴."

엄마가 말했다.

조조가 돌아왔을 때 마당은 시장으로 바뀌어 있었다. 도처에 손님이 가득했고, 여전히 새로운 손님이 속속 도착하는 중이었다. 조조는 이만저만 걱정이 되는 게 아니었다. 엄마는 바빴다. 조조는 할 수 없이 쪼쪼 삼촌이 어쨌기에 이런 소동이 벌어지는지 알려 줄 까마귀를 찾아 나서야 했다.

"쪼쪼는 죽지 않았어. 쪼쪼는 반드시 올 거야."

도도 삼촌이 말했다.

쪼쪼 삼촌이 예전에도 집에 온 적이 있지만 그렇게 많은 까마귀들이 환영을 한 적은 없었다.

"이번에는 달라. 쪼쪼는 거물이 될 거야."

도도 삼촌이 말했다.

쪼쪼 삼촌은 조조가 알고 있는 까마귀 가운데 제일 크고 힘도 셌다.

"쪼쪼는 지도자가 될 거야. 의회로 갈 거란다. 우리는 쪼쪼를 지지하려고 모인 거야."

도도 삼촌이 설명했다.

조조는 다소 마음을 놓으며 자리를 떴지만 여전히 혼란스러웠다. 조조는 더 물어보고 싶었지만 바보 취급을 당할까 봐 망설였다.

"조조, 너는 너무 어려서 이해하기 힘들 거야."

어른들은 늘 이런 식으로 말한다. 지금까지 줄곧 그런 말을 들으며 자랐다. 하지만 조조가 너무 어려서 이해하기 힘들다면 어떻게 새로운 걸 배울 수 있을까?

"네가 알고 싶은 걸 다 이야기해 줄게. 뭐든지 물어봐."

사촌인 롤로가 말했다.

"의회가 어디 있니?"

"의회? 나도 몰라."

"그러면 쪼쪼 삼촌이 왜 거기 가는 건데?"

"몰라. 좀 간단한 걸 물어봐."

"너도 아는 게 없잖아."

조조가 뿌루퉁해서 말했다.

"쪼쪼 삼촌이 왜 오는 줄은 알아."

롤로가 말했다.

"그건 나도 알아."

조조가 말했다.

잠시 후 까마귀들 사이에서 시끄러운 고함 소리가 들리면서 주위가 잠잠해졌다. 쪼쪼 삼촌이 대형 승용차를 타고 도착한 것이다. 춤을 추는 까마귀들이 플래카드를 들고 "쪼쪼! 쪼쪼!" 하고 외치며 삼촌이 탄 승용차를 따라왔다. 모여 있던 까마귀들은 승용차에 길을 내주었다. 마침내 삼촌이 승용차에서 내리자 까마귀들은 미친 듯 날뛰었다. 삼촌은 너무 멋있어 보였다.

쪼쪼 삼촌이 나무 상자 위로 올라가자 환호 소리는 더 커졌다. 삼촌은 팔을 들어 올려 소리치기 시작했다.

"누구한테 한 표를?"

"쪼쪼!"

"누구한테 한 표를?"

"쪼쪼!"

까마귀들은 박수를 치고 춤을 추며 플래카드를 흔들었다. 머리 위 나뭇가지를 부러뜨려 흔들어 대는 까마귀도 있었다.

"쪼쪼한테 한 표를! 쪼쪼한테 한 표를!"

까마귀들이 노래했다.

쪼쪼 삼촌이 손을 흔들어 까마귀들을 조용히 시켰다.

"여러분! 여러분은 모두 저를 아실 겁니다. 저는 여러분처럼 생기고, 여러분처럼 말합니다. 또 여러분처럼 빨리 달리고, 여러분처럼 생각합니다. 저는 여러분과 똑같은 까마귀예요. 저보다 여러분의 복지에 더 신경 쓸 까마귀는 없습니다. 저도 여러분처럼 까마귀니까요."

쪼쪼 삼촌이 까마귀들한테 말했다.

"쪼쪼! 쪼쪼!"

까마귀들이 삼촌 이름을 외쳤다.

"저를 대표로 보내신다면 절대 후회하지 않으실 겁니다. 저한테 한 표를 던지신다면 다시 잠을 자는 일은 없을 겁니다."

쪼쪼 삼촌이 말했다.

조조는 물어볼 게 더 많아졌지만, 사촌인 롤로는 쪼쪼 삼촌이 도착하며 시작된 소란 속으로 사라지고 말았다. 포포 할아버지는 한 발치 물러나서 예리한 눈빛으로 행사를 지켜보고 있었다. 포포 할아버지는 까마귀 마을에서 가장 나이가 많다. 마을 까마귀들은 고민이 있거나 어떻게 해야 할지 모를 때 포포 할아버지를 찾았다. 그렇지 않을 때는 포포 할아버지가 혼자만의 현명한 생각을 할 수 있도록 가만히 두었다. 까마귀들은 어린 까마귀들한테 포포 할아버지가 생각하고 있을 때는 성가시게 굴지 말라고 가르쳤다. 조조도 포포 할아버지를 가만히 놔둬야 한다는 걸 알고 있다. 하지만 아무래도 풀리지 않는 문제 때문에 신경이 쓰였다.

"할아버지? 의회가 어디 있어요?"

조조가 포포 할아버지한테 다가서며 물었다.

"의회라니?"

포포 할아버지가 멍한 표정으로 말했다.

"쪼쪼 삼촌이 간다는 곳 말이에요."

조조가 말했다.

"우리가 보내야 가는 거지."

포포 할아버지가 고개를 저으며 말했다.

"여러분이 저를 뽑아 주신다면 절대 후회하지 않으실 겁니다. 최고의 학교, 최고의 병원, 도로, 집, 원하는 걸 뭐든지 갖게 될 겁니다."

쪼쪼 삼촌이 상자 위에서 말했다.

"일자리는?"

누군가 물었다.

"물론 최고의 일자리도요."

쪼쪼 삼촌이 말했다.

"돈은?"

다른 까마귀가 물었다.

"그것도 마찬가지죠."

쪼쪼 삼촌이 대답했다.

"나는 모르겠구나. 쪼쪼가 우리와 마찬가지로 까마귀라는 건 알겠지만. 너무 약속을 많이 한다면 뽑아 주기 전에 생각을 아주 많이 해야 할 거야. 미안하다. 네가 궁금해하는 게 뭐였지?"

포포 할아버지가 조조한테 말했다.

"의회요. 그게 어디 있어요?"

조조가 포포 할아버지한테 다시 물었다.

"의회가 어디 있는지 모르니?"

포포 할아버지는 놀라는 눈치였다.

"아무도 나를 어디든 데려가지 않으려고 해요. 뭔가를 하기에는 너무 어리다고요."

조조가 투덜거렸다.

"말도 안 되는구나. 너무 어려서 배우지 못하는 건 없단다. 내가 너만 했을 때는 혼자 바다 위를 날아다녔지. 지금은 나이가 들어 그렇게는 못하지만. 그래도 한두 가지는 가르쳐 줄 수 있지."

포포 할아버지가 말했다.

"모든 걸요?"

조조가 물었다.

"내가 대답할 수 있는 건 뭐든지."

포포 할아버지가 말했다.

조조는 참을 수가 없었다.

"포포 할아버지! 포포 할아버지!"

조조는 신 나서 깡충깡충 뛰었다.

포포 할아버지는 조조의 어깨에 날개를 얹어 진정시켰다. 둘은 쪼쪼 삼촌의 연설을 마저 들으려고 다시 발길을 돌렸다.

"까마귀이면서 독수리와 함께 날고 싶어 하는 까마귀도 있을 수 있습니다. 저한테 투표를 하겠다고 약속은 했지만 정작 다른 후보에게 투표를 하는 까마귀도 있을 것입니다. 만약 그렇다면 저는 참지 못할 것입니다. 저는 여러분 모두가 저한테 투표하리라고 기대합니다. 명심하세요. 저는 여러분을 지켜보고 있을 것입니다. 누구한테 한 표를?"

쪼쪼 삼촌이 까마귀들한테 말했다.

"쪼쪼!"

"누구한테 한 표를?"

"쪼쪼!"

무리는 미친 듯 춤을 추며 플래카드와 나뭇가지를 흔들었다. 조조는 더 이상 질문을 하면 안 된다는 걸 잊고 포포 할아버지 옷소매를 잡아당겼다.

"투표라는 게 무슨 뜻이에요?"

"선택한다는 거야. 투표는 고른다는 뜻이지."

"뭘 선택해요?"

"쪼쪼를 선택한다는 거지."

"왜요?"

"조조야, 우리는 종종 우리를 이끌 지도자를 선택해야만 해. 투표로 그걸 하는 거야. 투표로 의회에 보낼 까마귀를 결정하는 거란다."

포포 할아버지가 목소리를 낮춰 설명했다.

"의회가 어디 있는데요?"

조조가 다시 물었다.

"글쎄……."

포포 할아버지가 생각에 잠긴 채 머리를 긁었다.

"지난번에 봤을 때 의회는 저쪽 길로 가면 나왔는데. 아니면 이쪽 길이었나? 도시에 가 본 지 하도 오래돼서. 의회가 예전 그곳에 있는지 한번 가 보자."

포포 할아버지는 한 발로 깡충깡충 뛰며 날개를 퍼덕거리다 하늘로 날아올랐다. 검은 깃털 하나가 바닥으로 떨어졌다.

"할아버지, 깃털 하나가 빠졌어요."

조조가 소리쳤다.

포포 할아버지는 대답이 없었다. 조조는 날개를 퍼덕거리며 포포 할아버지를 쫓아 날아올랐다. 포포 할아버지는 잠시 머뭇거리며 한 바퀴 돈 뒤 남쪽으로 곧장 날아갔다.

"멀어요?"

조조가 물었다.

"보일 거야. 따라와."

포포 할아버지가 말했다.

또 하나의 검은 깃털이 조조 머리 위로 날아갔다.

"그건 내 깃털이 아니야."

포포 할아버지가 날아가면서 소리쳤다.

그리고 하얀 깃털과 회색 깃털이 차례로 지나갔다.

"그것도 내 깃털이 아니야."

포포 할아버지가 다시 소리쳤다.

포포 할아버지와 조조한테 크기와 색깔이 다른 더 많은 깃털이 날아왔다. 할아버지는 너무 많은 깃털이 너무 빨리 나타나는 걸 보고 걱정스러워했다.

"좋은 징조가 아니야. 전혀 좋은 징조가 아니야."

포포 할아버지가 조조한테 말했다.

포포 할아버지와 조조는 깃털이 날아온 곳을 찾아냈다. 앞쪽에 커다란 새 떼가 꽥꽥거리고 서로 몸을 밀치며 쪼아 대고 있었다. 새들은 하늘 높이 날고 있었는데, 서로 쫓으며 다른 새의 깃털을 잡아당겼다.

"다른 새의 깃털을 잡아당기며 반대의 뜻을 전해야 직성이 풀리는 새도 있어. 하지만 선거가 끝나면 다시 사이좋게 지낼 거야."

포포 할아버지가 설명했다.

조조는 새들이 시끄럽게 떠드는 바람에 겁을 먹었다.

"걱정 마. 이쪽이야."

포포 할아버지가 말했다.

할아버지는 방향을 바꿔 땅바닥으로 급강하했다. 조조는 포포 할아버지 옆에 착륙했다. 도시로 가는 도로 위였다. 포포 할아버지와 조조는 목적지까지 먼 길을 걷기 시작했다. 잠시 후 포포 할아버지와 조조는 갈가마귀 떼가 외치는 소리를 들었다.

"갈가마귀가 통치한다! 갈가마귀가 통치한다!"

갈가마귀들은 지나가는 새들을 가로막은 뒤 한 발로 깡충깡충 뛰며 노래하라고 시켰다.

"갈가마귀! 갈가마귀! 갈가마귀!"

새들이 노래했다.

"선거 열병이야. 내가 하는 대로 따라하면서 뒤쫓아 오렴."

포포 할아버지가 말했다.

조조도 한 발로 깡충깡충 뛰며 고함을 지르기 시작했다.

"갈가마귀! 갈가마귀!"

조조는 춤추고 노래하면서 포포 할아버지를 따라 새들을 비집고 갔다.

포포 할아버지와 조조는 갈가마귀를 통과한 뒤 막대기를 들고 악을 써 대는 독수리들을 만났다.

"독수리! 독수리! 독수리!"

갈가마귀와 마찬가지로 독수리도 지나가는 새들을 막아 세운 뒤 춤을 추며 노래를 부르게 했다.

"독수리! 독수리!"

독수리는 시키는 대로 하지 않는 새가 있으면 두들겨 패며 윽박질렀다. 독수리를 피할 길이 없었다. 포포 할아버지와 조조는 다시 한 번 춤을 추며 헤쳐 나갔다.

독수리 다음에는 매를 만나고, 매 다음에는 콘도르를 만났다. 매와 콘도르는 노래하고 춤을 추며 다른 새들도 자기들을 따라 하라고 시켰다. 공중에는 음악과 노래가 가득했다. 파란색, 초록색, 검은색, 하얀색, 회색 깃털이 바람에 날렸다.

조조는 모든 게 재미있었지만, 포포 할아버지는 기진맥진했다.

마침내 포포 할아버지와 조조가 목적지에 도착했다. 도시의 거리는 혼잡하고 시끄러웠다. 가게는 문을 닫고 빗장을 질러 놓았다. 갖가지 새가 거리를 활보하면서 플래카드를 흔들며 춤을 추었다.

포포 할아버지가 휴식을 취하려고 탑에 내려앉자 조조도 그 옆에 앉았다.

"지난 선거 이후로 이렇게 춤을 많이 춰 본 적이 없어."

포포 할아버지가 고백했다.

"매한테 한 표를!"

매들이 포포 할아버지와 조조 아래쪽을 지나가며 소리쳤다.

"독수리한테 한 표를! 독수리한테 한 표를!"

그 옆 도로에서는 독수리들이 지나가는 새들한테 억지로 노래를 따라 부르게 했다.

"갈가마귀한테 한 표를!"

잠시 후 갈가마귀들이 거리를 돌아다니며 구호를 외쳤다.

서로 다른 새들이 말다툼을 벌였다. 새들은 모두 자기 말만 하려고 했다.

"모든 새들이 목소리를 내는 때야. 지금은 우리 모두, 원하는 지도자를 말할 수 있는 기회야."

포포 할아버지가 말했다.

"우리 모두요?"

"모든 어른. 투표용지에 있는 후보 가운데 자기가 좋아하는 후보에 표시를 하는 거야."

"쪼쪼 삼촌이요?"

"그래. 다른 새를 찍어도 되고."

"도도 삼촌이요?"

"도도는 지도자가 아니야. 도도는 그냥 허풍쟁이지. 우리를 이끌어 줄 수 있는 지도자를 뽑아야 돼. 말한 대로 실천하는 지도자 말이야. 이런저런 일을 할 거라고 말만 늘어놓는 지도자 말고. 훌륭하고 현명한 지도자를 골라야 돼. 언제까지라도 변치 않을 훌륭한 지도자 말이야."

"독수리라도 괜찮아요?"

"누구라도."

조조는 그날 선거에 대해 많은 이야기를 들었고, 가족 문제라는 생각이 들기 시작했다.

"우리가 쪼쪼 삼촌한테 투표하지 않는다면 삼촌이 싫어할 거예요."

"쪼쪼는 모를 거야. 네가 말하지 않으면 아무도 모르지."

조조는 선거가 까마귀만을 위한 게 아니라는 걸 알게 되었다. 하지만 조조는 의회가 어디 있는지 찾지 못했다.

잠시 후, 포포 할아버지가 손차양을 한 채 주위를 살폈다.

"저기야! 지난번 그 자리에 있구나. 저 커다란 집이 국회 의사당이야."

포포 할아버지가 소리쳤다.

조조는 할아버지가 날개로 가리키고 있는 언덕 위 커다란 집을 쳐다보았다.

"저기가 쪼쪼가 가고 싶어 하는 곳이야. 하지만 우리가 쪼쪼한테 투표하지 않는다면 불가능하겠지."

포포 할아버지가 말했다.

"쪼쪼 삼촌한테 투표하실 거죠?"

포포 할아버지는 잠시 숨을 고른 뒤 말했다.

"내 생각에는 쪼쪼가 그 자리에 맞는 새가 아닌 것 같구나."

아래쪽 거리에서는 닭들이 줄지어 가며 꼬꼬댁거렸다.

"닭에게 한 표를! 닭에게 한 표를!"

"닭도요?"

조조가 믿지 못하겠다는 표정으로 물었다.

"모든 새들이 선택받을 권리가 있어. 모든 새들이 투표할 권리가 있는 것처럼 말이야. 가장 많은 표를 얻는 새가 지도자가 되는 거야. 그리고 다른 새들과 함께 저 큰 집 안에 앉아 내각을 구성하는 거란다. 너도 알다시피 쉬운 과정이 아니야. 독수리들은 독수리를 원하고, 오리들은 오리를 원해. 또 매들은 매를 원하고, 까마귀들은 까마귀를 원하지. 그리고 모든 새들이 선거에 참여할 권리가 있어. 언젠가 닭이 매와 싸워 이긴 이야기를 들려주마. 하지만 지금은 갈 길이 먼데 너무 늦어지고 있구나. 나를 따라오렴."

포포 할아버지는 날개를 퍼덕이며 집으로 향했다. 조조는 자기가 의회 안에 앉아 있는 모습을 상상하며 잠시 머뭇거리다 포포 할아버지를 따라 날아올랐다.

제21조

모든 사람은 자기 나라의 정치에 참여할 권리가 있다. 정치인은 정기적으로 선거를 통해 선출하며, 모든 성인은 선거권이 있다. 모든 선거는 비밀로 하고 평등해야 한다

머리를 눕히는 곳이 집이야

자밀라 가빈 Jamila Gavin

인도에서 태어났지만, 청소년이 됐을 때 영국으로 갔다. 지금은 잉글랜드의 글로스터셔에서 30년 넘게 살고 있다. 모든 연령대의 어린이를 위한 작품을 많이 발표했는데, 대부분 그녀의 고향인 인도에서 영감을 받았다. 2000년에 출판된 《Coram Boy》는 큰 호응을 얻어, 휘트브레드 상을 수상하기도 했다. 또한 이 작품은 카네기 상 후보작에 올랐고, 이후 연극으로 각색되었다.

파드마는 이모들 가운데 가장 나이가 어리다. 그게 릴라가 많은 이모들 가운데 파드마를 가장 좋아하는 이유일 것이다. 파드마는 릴라와 한두 살 밖에 차이가 나지 않았다. 가족들이 친척을 만나러 런던에서 인도로 갈 때면 릴라는 누구보다 파드마를 보고 싶어 했다.

아직 십 대인 파드마는 재미있고, 장난도 잘 치고, 대담했다. 파드마는 영국에 사는 조카, 릴라를 꾀어내는 걸 좋아했다. 릴라를 친구들한테 소개하고, 커피숍에서 같이 탄산음료를 홀짝거리며 페이스 트리를 먹고, 중심가에서 윈도쇼핑을 했다.

"이모라고 절대 부르지 마. 내가 늙었다고 생각할 거야."

릴라가 놀리며 이모라고 부르자 파드마가 발끈해서 말했다.

둘은 페이스 트리를 너무 많이 주문하는 바람에 음식이 남았을 때는 식당 주위를 맴도는 거지에게 나눠 주곤 했다. 어느 날 저녁, 릴라는 가난에 찌든 한 가족이 인도를 따라 발을 질질 끌며 정처 없이 걸어가는 모습을 물끄러미 바라보았다. 엄마, 아빠, 어린 여자아이 그리고 아기로 구성된 가족이다. 릴라는 거지 가족이 그날 밤 어디서 잘지 궁금했다. 거지 가족은 텔레비전이 즐비한 가게 유리창 앞에 멈춰 섰다. 텔레비전 화면에서는 멋진 집이 춤을 추었다. 그리고 뚱뚱한 사람들이 고성능 승용차, 주방 용품, 아이들을 위한 고급 버터, 건강을 위한 최고의 음식, 피부와 머리카락과 몸에 바르는 로션을 광고했다. 거지 가족은 오랫동안 텔레비전 앞에 서 있었다. 그렇게 말없이 텔레비전을 쳐다보다가 마침내 걸음을 옮겼다.

"저 가족이 어디 사는지 궁금해."

릴라가 중얼거렸다.

"머리를 눕히는 곳이 집이야. 자, 집에 가자. 세상의 모든 문제를 해결할 수는 없어."

파드마가 태평스럽게 대답했다.

둘은 모터스쿠터 인력거를 탔다. 운전사가 배짱 좋게 상점가 차량을 아슬아슬하게 피해 가는 동안 무서워 소리를 지르면서도 둘은 웃음을 멈추지 않았다.

"이모, 살려 줘!"

릴라가 소리쳤다.

릴라는 파드마가 결혼식이나 파티에 초대를 받았을 때 재빠르게 변신하는 모습을 지켜보며 놀랐다. 파드마는 청바지와 로고가 찍힌 티셔츠를 입은 최신 유행 청소년에서 장신구가 딸랑거리고 정성 들여 화장해 빛나는 얼굴에, 반짝이는 사리나 민족의상인 살와르 카미즈를 입은 우아한 여성으로 변신했다. 그러고 나면 파드마가 정말 이모처럼 보였다. 그리고 릴라는 파드마 방으로 가서 다음 결혼식에 입고 갈 정도로 가장 잘 어울리는 옷을 고를 때까지 이 옷 저 옷을 입어보는 게 기분 좋았다.

파드마는 짓궂게 신랑 신부를 놀리며 흉내 내는 걸 좋아했는데, 인도 결혼식만한 구경거리도 없었다. 파드마는 "도대체 신부는 왜 신랑하고 결혼하려는 걸까? 신랑 봐. 벌써 시들시들해졌잖아. 나는 남편의 통장만 보고 결혼하는 짓은 하지 않을 거야."라거나, "불쌍한 락슈미, 저런 버르장머리 없는 여자하고 결혼하다니. 신부 때문에 만날 바쁠 거야. 척 보면 알아." 하고 속삭였다.

영국으로 돌아온 뒤에도 릴라는 파드마와 험담과 수다로 가득한 이메일을 주고받았다. 파드마는 사회생활을 하며 겪은 다양한 경험을 들려주었다. 주로 점점 더 많은 사람을 만나게 되었다는 이야기였는데, 특히 남자 친구 이야기가 많았다. 얼마 후, 파드마는 특히 한 사람에 대해서 말했다.

러스티! 그 사람 이름이야. 아삼 출신으로 산에서 지내는 남자야. 릴라, 나는 그를 사랑해. 하지만 이야기를 못 꺼내겠어. 가족들이 반대하겠지. 인종 차별에 대해 이야기할 거야. 왜 우리 가족은 산에서 지내는 사람을 다른 세상에서 온 사람 취급할까? 엄마 아빠는 벌써 내 신랑감을 골라 놓으셨어. 하지만 그 남자는 너무 지루해. 부모님한테 러스티에 관해 이야기할 거야. 하지만 당장은 아니야.

대학을 졸업하기 전까지는 결혼식을 올리지 않을 테니까. 졸업한 뒤에 러스티에 관해 말할 거야.

　파드마의 엄마 아빠는 릴라한테 할아버지와 할머니였는데, 끔찍하게도 두 분이 갑자기 차례로 돌아가셨다. 엄마는 괴로워하며 울었다. 이메일과 전화가 바다 넘어 날아들었고, 엄마 아빠는 다급히 비행기 표를 끊어 장례식에 참석했다. 그리고 석 달 뒤, 두 번째 장례식에 참석했다.

　"두 분은 연애 결혼을 하셨어. 네 할머니가 병들어 돌아가시니까, 할아버지는 혼자 살 수 없었던 거야. 사람들 말로는 할아버지가 상심해서 돌아가신 거라고 하더구나."

　엄마가 영국으로 돌아와 말했다.

　"불쌍한 파드마 이모. 이제 이모는 고아야."

　릴라가 속삭였다.

　잠시 후 릴라는 그건 엄마도 마찬가지라는 걸 깨달았다.

　"불쌍한 엄마. 파드마 이모는 괜찮겠지?"

　릴라는 엄마를 꼭 안으며 말했다.

　파드마를 궁금해하던 차에 릴라는 이메일을 받았다. 파드마는 릴라에겐 증조할아버지인 할아버지 집으로 들어가기로 했다고 전했다. 언니들 집에서 살게 해 달라고 간청했지만, 소용없었다. 릴라 엄마이자 파드마의 큰 언니는 영국에 있고, 나머지 언니들도 결혼해서 인도 각지에 흩어져 살고 있어서 파드마가 학교에 다니기엔 너무 멀었다. 무엇보다 파드마의 교육이 중요하다는 데 의견이 모아졌다. 사람들이 말하듯 교육을 제대로 받지 못하면 좋은 신랑감을 얻지 못하기 때문이다.

릴라는 파드마가 얼마 안 있어 대학에 들어가면 집을 떠날 수 있을 거라고 생각했다. 증조할아버지는 무척 엄하고 생각이 구식이다. 릴라가 염려한 것처럼 파드마는 시골 생활에 적응하는 데 힘들어했다. 파드마는 그동안 익숙했던 독립적인 생활과 도시의 소음과 흥분을 떠나야만 했다. 할아버지 농장은 도시 외곽의 밀밭 한가운데 자리 잡고 있었다. 파드마는 차를 타고 학교에 갔다가 집으로 돌아와야만 했다. 방과 후에 친구들을 만나게 해 달라고 애원했지만 할아버지는 허락하지 않았다. 삼촌이 모터 달린 자전거 뒤에 태우고 돌아오겠다고 약속해도 소용없었다. 할아버지가 한번 안 된다고 하면 안 되는 거였다. 그건 곧 파드마가 러스티를 만날 수 없다는 뜻이다. 농장에서는 이메일을 보낼 수 없기 때문에 파드마는 학교 근처 인터넷 카페에서 신세를 한탄하는 메일을 릴라한테 보냈다.

할아버지 집 식구들은 너무 구식이야. 혼자서는 아무 데도 못 가게 해. 영화를 보러 가지도 못하고, 친구를 만나러 커피숍에도 가지 못해. 허허벌판 한가운데 있는 게 싫어. 숨이 막힐 것 같아. 이메일이 있어 얼마나 다행인지 몰라. 그나마 너나 러스티하고 연락은 주고받을 수 있으니까. 나는 여전히 러스티를 사랑하고, 러스티도 나를 사랑해. 우리는 내가 대학을 졸업하는 대로 결혼하기로 했어.

파드마의 이메일은 절망적인 내용이 많았다. 부모를 잃은 슬픔과 숨 막히는 생활에서 벗어나고 싶은 열망으로 가득했다. 릴라는 파드마하고 조금 더 가까이 살았으면 위로해 줄 수 있을 거라며 아쉬워했다. 그래서 릴라는 엄마 아빠가 짧은 휴일 동안 증조할아버지 농장으로 가서 지내라고 했을 때 무척 흥분되었다. 파드마를 다시 만날 수 있어서 너무 좋아 어쩔 줄 몰라 했다. 허허벌판 한가운데 있는 증조할아버지 집에서 만나는 거였지만 말이다.

릴라는 파드마가 여전한 걸 확인하고는 마음이 놓였다. 파드마는 또랑또랑한 눈을 반짝이며 웃음을 잃지 않는 여자였고, 조카한테 대담하게 장난을 치는 이모였다. 릴라가 머무는 동안 파드마는 이메일로 보내 온 것과는 달리 투덜거리지도, 화가 나서 씩씩대지도, 한숨을 쉬지도 않았다.

"한 달 뒤면 대학에 가게 될 거야. 그러면 나는 자유야!"

파드마가 기쁨에 넘쳐 속삭였다.

파드마와 릴라는 2주일이라는 짧은 시간 동안 쉬지 않고 잡담을 하고 사소한 일에도 킥킥거리며 즐거운 한때를 보냈다. 할아버지는 릴라 때문에 감시를 늦췄을 것이다. 파드마와 릴라는 둘이서만 차를 타기도 하고, 운전사와 함께 관광을 하기도 했다.

릴라는 안심을 하고 영국으로 돌아왔다. 릴라는 파드마가 할아버지 때문에 눈에서 광채를 잃거나, 늘 머리를 뒤로 젖히며 웃던 이모가 순종적으로 고개 숙이는 걸 보지 못했다. 하지만 할아버지는 릴라가 돌아간 뒤 파드마가 돈이 많이 드는 대학에 가는 것보다는, 아주 오래전에 부모가 정해 준 해리라는 남자와 결혼하는 게 나을 거라고 말했다. 그 남자는 파드마와 결혼하는 걸 바로 수락했다. 그는 부자여서 오늘 날 많은 여자들이 그러는 것처럼 파드마가 대학을 졸업해도 일하러 나가지 않아도 되었다. 당연히 파드마는 대학에 들어가지 못했다.

릴라는 부모님과 함께 파드마 결혼식에 참석했다.

"신랑은 발리우드(인도 영화 산업을 일컫는 말 / 옮긴이)처럼 재미있는 사람이 아니야. 오히려 따분한 사람이지. 저 축 늘어진 귀 좀 봐. 유머가 없을 거야. 하지만 아주 부자인 게 틀림없어. 신부는 여왕처럼 살게 될 거야."

릴라는 화려한 하객들 사이를 돌아다니며 자기와 파드마가 다른 사람의 결혼식장에서 그랬던 것처럼 젊은 여자들이 비꼬는 귓속말을 들었다.

"나도 그러길 바라고 있어요."

릴라가 한숨을 내쉬며 말했다.

릴라는 하객들이 나지막하게 하는 말에 묵묵히 수긍할 수밖에 없었다. 그리고 릴라는 파드마가 자신이 결혼식 선물로 사 온 터키석 귀걸이를 너무 수수하다고 생각하지 않기를 바랐다. 릴라는 파드마와 이야기할 기회를 잡기 힘들었다. 릴라는 신랑과 신부를 축하하러 참석한 5백여 명의 하객들과 함께 결혼 왕좌 앞에 서 있었다. 파드마는 릴라가 뽀뽀할 수 있도록 화장한 뺨을 내밀며 속삭였다.

"나를 잃어버리지 마."

릴라는 파드마가 이상한 말을 한다고 생각했다.

그로부터 1년이 채 지나기도 전에 파드마가 사라졌다. 파드마가 자취를 감추면서 온갖 소문이 들끓었다. 파드마는 남편의 멋진 집과 호화로운 생활을 버리고 홀연히 사라졌다. 처음에 소문은 들불처럼 번졌다. '파드마가 산에서 지내는 남자와 도망쳤다.', '가난에 시달리는 남자 때문에 남편을 버렸다.', '커피숍에서 만난 남자와 눈이 맞아 도망쳤다.' 시간이 지나자 더 심한 소문이 들려 왔다. 파드마 남편이 러스티가 보낸 이메일을 찾아냈다는 것이다. 남편은 파드마가 바람을 피운다고 고발했다. 그리고 파드마가 임신을 하자 자기 아이가 아니라며 파드마를 집에서 내쫓았다는 것이다.

"내쫓았다고요? 이모가 러스티를 만났다면 나한테 말했을 거예요. 이모는 나한테 모든 걸 털어놓거든요. 믿을 수 없어요."

릴라는 경악했다.

엄마 아빠가 릴라를 다그쳤다.

"너희 둘 다 똑같아. 파드마가 산에서 지내는 남자 이야기를 했니? 뭐가 사실인데? 이메일로 아무 말도 안 했니?"

엄마가 손가락 두 개를 포개 행운을 빌며 말했다.

"파드마 이모가 결혼하기 전에 사랑하던 사람이 있었어요. 그 남자는 산에서 지냈는데 결혼 이야기까지 오갔대요. 그런데 이모가 부모님이 골라 준 남자와 순순히 결혼한 이후로 고향으로 돌아갔대요."

릴라는 마지못해 엄마한테 털어놓았다.

릴라는 파드마가 러스티의 아기를 배지 않았을 뿐 아니라 만나지도 않았을 거라고 확신했다.

"파드마 이모가 도망치기로 마음먹었다면, 결혼하기 전에 벌써 도 망쳤을 거야."

릴라가 굽히지 않았다.

릴라는 파드마가 답신을 할 거라는 기대를 갖고 계속해서 이메일 을 보냈다. 하지만 답신은 없었다. 파드마가 지구상에서 자취를 감춘 것만 같았다.

"어쩌면 그렇게 멍청할 수 있을까? 어떻게 이런 식으로 우리 가족 의 명예를 더럽힐 수 있지?"

엄마는 파드마 때문에 화도 나고 걱정되어 울먹이며 말했다.

릴라는 죄책감에 사로잡혔다.

'파드마의 불행을 미리 알아차렸다면 좋았을 텐데. 내가 조금 더 세 심했으면……. 이모는 자포자기했을 거야. 이모는 어디 있을까?'

릴라는 마음속으로 생각했다.

릴라는 인도로 돌아가 파드마를 찾아보자고 간청했다.

"이모는 엄마 여동생이야. 걱정도 안 돼요?"

엄마도 걱정이 되긴 했지만, 친척들이 생각하는 그대로 믿었다. 파 드마가 러스티와 도망쳤다고.

"네 이모는 늘 반항적이었어. 그런 잡지나 책을 읽곤 했지. 할아버 지가 말한 대로 파드마는 자기가 누울 자리를 마련할 거야. 사람들은 할아버지 말에 귀를 기울인다고."

엄마가 말했다.

"게다가 인도에서 파드마를 찾는 건 건초더미에서 바늘을 찾는 격이야. 어쨌든 우리가 끼어들 수는 없어. 처제는 나타날 거야. 기다려 봐."

아빠가 주장했다.

"걱정 마. 파드마는 살아남을 거야. 내 말을 믿어."

엄마가 말했다.

얼마 후, 파드마가 남부 지방에 사는 언니네 집에 나타나 그곳에서 지내게 해 달라고 간청했다는 소식이 들렸다. 파드마는 남편이 폭력적이고 질투심이 많은 사람으로 변했고, 자기가 아기 아빠라는 걸 믿으려 하지 않는다고 말했다. 그 남자는 파드마뿐 아니라 파드마 배 속에 든 자기 아이와도 의절했다. 파드마가 자기는 아무런 잘못이 없다고 얘기하며 도와 달라고 애원했지만, 형부는 집에서 나가라고 말했다. 진실이 무엇이든 가족 전체에 수치를 안겼다는 것이다. 가족 중 파드마를 받아들이려는 사람은 아무도 없었다.

"집으로 돌아가. 남편과 화해하라고. 처제가 남편을 설득할 수밖에 없어. 다른 방법은 없다고."

릴라는 파드마가 너무나 무서웠을 거라고 생각했다. 두려워서 집으로 다시 돌아갈 수 없었을 것이다. 파드마가 집으로 돌아가는 모습은 상상도 할 수 없었다.

"그러면 할아버지, 할머니를 찾아가 봐."

파드마의 형부가 말했다. 그러고 나서 전화 통화를 했지만, 오히려 할아버지와 할머니는 파드마를 위해 아무것도 하지 않으려 한다는 게 명백해졌다. 두 분은 파드마가 깍쟁이라고 생각했고, 영국인 조카한테 나쁜 영향을 끼쳤다고 비난했다.

"그 아이는 집에 들어올 자격이 없어. 거리에서 살라고 해. 걔가 있을 곳은 바로 거기야."

할아버지가 말했다.

"러스티를 찾아보는 게 좋을 것 같아. 여기서 지낼 수는 없어. 방이 없잖아. 특히 아기까지 가졌으니 말이야."

할아버지 이야기를 다 듣고 나서 형부가 말했다.

하지만 파드마의 언니는 남편 발 앞에 엎드려 당분간만이라도 파드마가 집에서 지내게 해 달라고 간청했다. 언니는 남편과 다투고, 눈물을 흘리고, 목소리를 높였다. 마침내 형부가 수그러들어 파드마가 주변을 정리할 때까지 일주일 동안 집에서 머물도록 허락했다. 파드마는 거실 소파에서 잠을 잘 수 있었다.

다음 날 아침, 파드마는 집을 떠났다.

그 후로 3년이 지났다. 릴라는 그동안 하루도 빠짐없이 파드마의 안부를 궁금해했다.

'이모는 괜찮을까? 아기는 낳았을까? 어떻게 살고 있을까? 왜 이모의 근황을 아는 사람도 없고, 걱정도 하지 않는 걸까?'

릴라가 속수무책으로 화를 냈다. 하지만 엄마는 입을 꽉 다물고 이야기하지 않았다. 릴라는 파드마한테 머물 곳을 마련해 주지 않은 가족을 미워하고 경멸했다. 가족들이 파드마를 동정하기보다는 명예를 더 중요시한다는 게 너무 싫었다. 적어도 아빠만은 파드마를 영국으로 데려오려고 편지를 쓰기도 했다. 하지만 그때는 파드마가 어디 있는지 아는 사람이 아무도 없었다.

릴라는 파드마한테 답장을 하라고 간청하며 이메일을 계속 보냈다. 하지만 이메일이 반송되기 시작하자, 이제 이메일도 소용없다는 걸 알고 더 이상 보내지 않게 되었다. 릴라는 파드마와의 우정이 깊지 않았다고 생각하니 비통하고 분했다. 적어도 파드마가 자기한테는 비밀을 털어놨어야 했고, 그게 아니더라도 최소한 잘 지내고 있다는 소식은 전해야 한다고 생각했다.

릴라는 그해에 갭이어(영국이나 미국 등에서 고교 졸업 후 대학 생활을 시작하기 전에 일을 하거나 여행을 하면서 보내는 1년 / 옮긴이)를 맞아 노인들을 위한 아시람(힌두교도들이 수행하며 거주하는 곳 / 옮긴이)에서 일자리를 얻어 간신히 인도로 갈 수 있었다. 릴라는 1년을 꼬박 그곳에서 일했지만 증조할아버지를 단 한 번밖에 만나지 않았다. 증조할아버지와 증조할머니가 보내는 비난의 눈길과, 말로 하지는 않지만 겉으로 드러나는 반감이 싫었다. 릴라는 자신한테도 파드마가 사람들의 신임을 잃는 데 어느 정도 책임이 있다는 생각에 죄책감이 들었다. 서양의 나쁜 영향에 대해 비난하는 이야기를 질리도록 들었다. 증조할아버지와 증조할머니한테 말대꾸를 하지 않으려고 입술을 깨물었다.

휴가 기간 동안에는 버스와 기차를 타고 여행을 했다. 점점 그 지역을 잘 알게 되었다. 혹시 파드마를 볼지도 모른다는 생각에 여행을 하면서도 계속 주위를 살폈다.

"파드마 이모!"

거리에서 햇살에 비친 여자가 고개를 돌리거나 팔을 움직이는 모습이 파드마와 비슷해 보여, 이모 이름을 소리쳐 부른 게 한두 번이 아니었다. 하지만 그 여자들은 파드마가 아니었다. 릴라는 버스를 타고 아삼의 비탈길을 올라갈 때 파드마가 사랑하는 러스티를 만나 행복하게 살고 있을 거라는 상상도 해 보았다.

릴라는 아시람으로 돌아가는 야간열차를 타러 작은 시골 기차역으로 향했다. 밤이 되면서 점차 어두워지는 영국의 부드러운 황혼이 아니라 강렬한 인도의 저녁이었다. 그건 자연과 사람, 그리고 짐승의 소리와 색깔이 불협화음을 이루는 저녁이었다. 숲의 실루엣 뒤로 보이는 맹렬한 태양은 불타는 듯한 황금색이었다가 금세 희미하게 빛나는 은빛으로 바뀌었다. 길 잃은 개들은 밤을 보내기 위해 옹송그리며 우리로 모여들었다. 떼까마귀와 찌르레기가 데르비시(극도의 금욕 생활을 서약하는 이슬람교 집단의 일원으로 예배 때 빠른 춤을 춤 / 옮긴이)처럼 점점 어두워지는 하늘에서 빙빙 돌았다. 새들은 쉴 곳을 마련하기 위해 나뭇가지 사이에서 괴성을 지르며 다투었다.

기차가 들어오자 한바탕 소란이 벌어졌다. 앙상한 인력거 운전사들이 인력거에서 내리던 손님들과 요금 문제로 다툼을 벌였다. 릴라는 객실을 찾아 앉은 뒤 더러운 창문으로 그 광경을 지켜보았다. 나머지 인력거 운전사들은 인력거에 몸을 눕혔다. 다음 기차가 들어올 때까지 인력거는 그들의 침대가 될 것이다. 운전사들은 핸들 위에 발을 올린 채 머리를 눕혔다. 짐승이든 사람이든 머리를 눕히는 곳이 집이었다.

릴라의 관심은 느린 걸음으로 앞마당으로 들어서는 여자와 아이한테 모아졌다. 여자는 초라한 사리로 몸과 머리를 감싸고 있었다. 여자는 한 손에 든 얇은 천으로 얼굴을 가리고, 다른 손으로는 어깨에 짊어진 보따리를 붙들었다. 말라빠진 여자아이는 먼지투성이인 통 넓은 바지와 튜닉을 입고 있었다. 땋은 머리카락은 등 뒤로 단정하게 늘어뜨리고 있었지만 머리카락엔 윤기가 없었다. 여자아이는 엄마 앞에서 무심하게 돌아다니다 갑자기 인력거 사이의 공간을 가리켰다.

여자는 알았다는 듯 고개를 끄덕인 뒤 아이가 가리키는 곳으로 갔다. 여자는 보따리를 내려놓은 뒤 조심스럽게 풀었다. 보따리에서 꺼낸 건 냄비와 통조림, 그리고 작은 보따리였다. 작은 보따리 안에는 인도식 빵인 차파티 몇 개, 물 한 병, 쇠로 만든 잔과 접시가 들어 있었다. 여자아이가 쪼그리고 앉자 여자는 씹어 먹을 차파티를 주고, 커다란 보따리를 싸고 있던 천을 펼쳤다. 천 크기는 숄만 했는데, 다른 용도로 사용했다. 여자는 먼지투성이 바닥에 천을 펼친 뒤 꼼꼼하게 주름을 폈다. 그러고는 천의 귀퉁이를 제대로 맞추는 게 무엇보다 중요하다는 듯 한쪽 귀퉁이를 바로 옆 귀퉁이와 똑바로 맞추었다.

릴라는 여자가 숄을 정리한 뒤 눈에 띄는 대로 주운 돌멩이로 모퉁이를 고정하는 데 지나치게 많은 시간과 노력을 기울인다는 생각이 들었다. 여자가 천을 정리하자 아이는 자기 몫의 차파티를 뜯어 먹고 물병에 든 물을 들이켰다.

여자는 손짓으로 아이를 부른 뒤 숄 위에 눕혔다.

호루라기 소리가 들리고 기차가 속도를 늦추며 움직일 때 여자가 머리에 쓰고 있던 사리를 벗었다. 여자는 잠을 자느라 다리를 뻗은 아이를 덮어 줄 만큼 사리를 풀었다. 그런데 무슨 일인지 여자가 일어나 앉아 머리를 흔들었다. 릴라는 여자의 귀걸이를 흘긋 쳐다보고 놀랐다. 릴라가 파드마 결혼식 때 선물로 준 귀걸이였다. 여자가 잠시 고개를 돌리자 파드마 얼굴이 뚜렷하게 드러났다. 파드마는 풍파에 시달리고 여윈 탓에 나이보다 더 늙어 보였다.

"파드마! 파드마 이모!"

릴라는 점점 속도를 높이는 기차 안에서 밀폐된 유리창을 주먹으로 두들겼다. 릴라는 출입문으로 달려가 창문을 내렸다.

"가지 마! 내가 돌아올게."

릴라는 바람을 맞으며 소리쳤다. 바닥에 머리를 눕힌 파드마와 아이가 점점 작아지더니 나중에는 점으로 밖에 보이지 않았다.

제22조

모든 사람은 가정을 이루고, 생활에 필요한 충분한 돈을 갖고, 병들었을 때 의료 지원을 받을 권리가 있다. 모든 사람은 음악, 미술, 공예, 스포츠를 즐길 수 있어야 하고, 재능을 발휘할 기회를 가져야 한다.

크리스토퍼

이오인 콜퍼 Eoin Colfer

다수의 베스트셀러 아동 문학을 발표했는데, 그 가운데는 전 세계 42개 언어로 번역되어 많은 국제적인 상을 수상한 〈Artemis Fowl〉 시리즈가 있다. 늘 공평함에 대해 강력한 견해를 갖고 있는 그는 세계인권선언 제24조에 답하여 자기 잘못이 아닌데도 청년 시절이 단축되는 아이의 불공평한 현실에 관한 이야기를 썼다. 또한 그는 나쁜 일은 먼 곳이 아니라 집 근처에서 벌어진다는 걸 말하고 싶었다고 한다. 현재 아일랜드의 웩스포드에 살고 있다.

마르코는 푹신한 잔디밭에 누워 푸른 하늘을 가만히 올려다보는 꿈을 꾸었다. 마르코는 꿈이 너무 생생해 진짜 그런 일이 일어났다고 착각할 때도 있었다. 다른 세상에서는 그럴지도 모르는 일이다.

공중에서 실패가 날아와 마르코 이마에 부딪혔다.

"또 잔디밭 꿈을 꾼 거지? 잔디밭 맞지? 살찐 애벌레 같은 잔디밭?"

물론 크리스토퍼였다. 얼굴이 검은 케냐 아이인 크리스토퍼가 웃자 이만 하얗게 보였다.

"멍청아, 모충이라고 하는 거야."

마르코가 말을 바로잡았다.

크리스토퍼가 얼굴을 찌푸렸다.

"모오충이라고? 네가 멍청이야. 애송이 마르코."

마르코는 빙그레 웃었다. 이곳에서는 한 사람이 두 번씩이나 미소를 짓게 하려면 꽤 힘이 들었다. 하지만 크리스토퍼는 할 수 있었다.

"네가 멍청이야. 애송이 크리스토퍼. 너한테서는 병든 강아지 엉덩이처럼 냄새가 나."

이번에는 크리스토퍼가 싱긋 웃었다.

"병든 강아지 엉덩이라. 욕 중에서는 양반인데."

마룻장이 삐걱거릴 정도로 육중한 발자국 소리가 들리자 크리스토퍼와 마르코가 입을 다물었다. 블루토가 작업장에 나타난 것이다. 공장의 작업반장인 블루토는 잠시 전화 통화를 하다 화가 폭발해 중얼거리더니 전화를 끊었다. 위험한 순간이다. 블루토는 화가 나면 꼬투리를 잡아 직원들한테 벌금을 물린다.

마르코는 입을 다문 채 등을 구부리고 작업대로 돌아갔다. 그건 블루토가 직원들한테서 보고 싶어 하는 '훌륭한 근무 윤리'였다.

마르코는 이번 주 일요일에 짝퉁 나이키 반바지 호주머니에 황금색 날개를 바느질할 생각이었다. 황금색 날개는 에이씨 밀란의 스트라이커, 코스타스 안디오니의 심벌이다.

"안디오니의 다리가 부러지면 이로 황금색 날개를 뜯어 낼 거야."

크리스토퍼는 사람들이 모두 들을 수 있을 정도로 크게 떠드는 바람에 잔소리를 듣고 사무실까지 불려 갔다. M 여사가 문을 열어 놓아 직원들은 떠버리 크리스토퍼한테 무슨 일이 벌어졌는지 들을 수 있었다.

"여기는 열악한 환경에서 저임금을 받으며 일하는 케냐의 그런 작업장이 아니야. 원하면 언제든지 나갈 수 있어. 가고 싶으면 가. 케냐로 갈 거야?"

M 여사가 소리쳤다. 새된 목소리가 콘크리트 천장까지 올라갔다.

크리스토퍼가 고개를 저었다. 턱이 너무 처져 가슴에 닿을 정도였다.

마르코는 숨을 죽였다.

'크리스토퍼가 그들 때문에 풀이 죽었어. 얼마나 용감하고 명랑한 친군데.'

마르코가 마음속으로 생각했다.

하지만 크리스토퍼가 작업대로 돌아와 맨 먼저 한 일은 마르코한테 방귀를 뀌었는지 물어보는 거였다.

'역시 크리스토퍼야!'

마르코가 웃음을 지었다.

"뭘 웃어? 웃고 있을 시간이 없을 텐데. 내가 시킨 대로 빨리 날개를 꿰매."

블루토가 마르코한테 으르렁거리듯 말했다.

마르코는 말대꾸를 하지 못했다. 마르코한테는 한 시간 시급도 아주 큰돈이다. 블루토는 게으름을 피우면 그만큼 월급에서 공제한다고 으름장을 놓아 직원을 부렸다. 크리스토퍼는 블루토가 마르코한테서 빼앗은 돈으로 희귀한 포켓몬 카드를 사 모을 거라고 말했다.

마르코 가족은 모두 자기 몫을 해냈다. 심지어 쌍둥이 가운데 한 명은 엄마가 도시 가로등 앞에서 파는 알루미늄 포일 장미를 만드는 걸 도왔다.

"블루토 씨, 원하시는 대로 빨리 일하겠습니다."

마르코는 블루토를 싫어하면서도 웃음을 지으며 대답했다.

그날 마르코는 날개를 달고 또 달았다. 안쪽을 황금색 실로 꿰매고, 황금색 가장자리에 불타는 듯한 빨간색 실로 수를 놓았다. 마르코는 땅거미가 지고 등뼈가 뻐근하고 손가락이 곱아 갈퀴 모양이 될 때까지 쉬지 않고 일했다.

마르코는 마침내 등을 펴며 한숨을 내쉬었다. 굴뚝 연기 같은 입김이 나왔다. M 여사는 직원들이 부지런히 움직여서 몸을 데워야 한다고 주장하면서 늘 정오경에 난방을 껐다.

마르코는 화장실 출입문이 조금 열려 있는 걸 보며 화장실이 비어 있다는 걸 확인했다. 그건 어쩌다 찾아오는 놓칠 수 없는 기회였다. 마르코는 의자를 뒤로 밀고 쿠션을 잡아 당겨 의자에 꽉 묶여 있는지 확인했다. 그러고는 큰 걸음으로 화장실을 향해 걸어갔다.

공장은 서늘했지만 짙은 악취가 꽉 들어차 있었다. 표백제, 땀, 고무, 그리고 기름 냄새가 섞인 악취다. 마르코는 이 냄새가 화학 약품이 뒤섞인 것에 불과하다는 걸 알았지만, 꼭 악취가 살아 있는 것만 같았다. 악취를 소설 소재로 쓸 수도 있었다.

마르코는 종종 소설을 썼다. 대부분 마르코 자신인 퀀텀 보이가 주인공이고, 크리스토퍼가 모델인 드레드락이 조수였다. 퀀텀 보이는 시간 여행을 하다 역사적인 모험에 얽힌다. 그리고 드레드락은 늘 가까이 있다가 적당한 때에 "나폴레옹, 이번에는 당신의 작은 키처럼 좀 부족하네요." 같은 재치 있는 말을 한다.

마르코는 비어 있는 화장실로 급히 걸어갔다. 공장에는 직원이 수

십 명에 달했지만 화장실은 단 한 개뿐이다. 그러니 화장실이 비었을 때 일을 보는 게 현명했다. 블루토가 화장실 시간표를 꽂아 놓기도 했지만 생리적 요구를 조절할 수는 없었다.

마르코는 머리를 홱 숙이고 재빨리 화장실 안으로 들어갔다. 마르코는 전구 스위치를 잡아당기지 않았다. 그랬다가는 블루토가 화장실 문 밑으로 빛이 새 나오는 걸 보게 될 것이고, 빨리 나오라고 재촉할 게 뻔했기 때문이다.

화장실은 원래 공장 건물의 한 부분이 아니었던 탓에 다른 곳보다 훨씬 추웠다. 화장실과 공장 외벽 사이에는 한 블록만큼의 틈새가 있었는데, 브리즈 블록(모래, 석탄재를 시멘트와 섞어 만든 가벼운 블록 / 옮긴이)이 움푹 들어가 있었다. 그 틈새로 바람이 싱싱 불어 변기 시트가 꽁꽁 얼었다.

마르코가 목을 틀자 딸깍하는 소리가 났다. 엄마가 싫어하는 버릇이다.

"그 모양 그 꼴로 살 거니? 올려다보면서만 살 거냐고? 마르코, 사람들이 존경하는 사람이 되려면 일자리부터 구해."

엄마가 말했다.

"항공 교통 관제사."

여동생이 번개처럼 빨리 말했다. 어린 미라는 똑똑하다.

마르코는 그 기억을 떠올리며 웃음을 지었다. 마르코는 탁탁거리며 걸어오는 블루토의 발자국 소리를 듣지 못했다. 그리고 블루토는 화장실 문 아래로 불빛이 새어 나오지 않았기 때문에 그 안이 비었을 거라고 생각했다.

블루토는 전화기에 대고 소리를 지르며 화장실로 달려갔다.

"이 멍청아, 트로피컬 메가 배틀 골드 판이라고. 브론즈 판이 아니라. 브론즈 판에는 한 푼도 쓰지 않을 거야."

블루토는 마르코 위에 앉을 때까지 화장실에 사람이 있다는 걸 알아차리지 못했다. 또 화장실 변기에 앉아 있는 게 마르코라는 것도 몰랐다.

만약 알았다면, 한 손으로 바지를 잡고 작업장으로 뛰쳐나가며 "화장실 괴물이야! 나를 물었어. 정말 괴물이 있어. 내가 봤어. 내가 봤다고!" 하고 비명을 지르지 않았을 것이다.

그건 마르코한테도 유쾌하지 않은 경험이었다. 처음에 마르코는 자기 인생이 위급한 상황에 처했다는 생각이 들지 않았다. 하지만 다음 순간 갑자기 땀과 치즈 냄새가 아주 짙게 나고, 지방이 가득한 등에 얼굴이 짓이겨졌다. 마르코는 비틀거리며 공장으로 나왔다. 지하 감옥에서 풀려난 죄수처럼 눈을 가늘게 뜨고 숨을 헐떡거렸다.

"죄송해요. 반장님, 죄송합니다. 빨리 일하러 갈게요."

마르코는 기침을 하며 말했다. 어떤 일이 벌어졌든 다 자기 잘못이라고 생각했다.

블루토는 앞으로 몸을 구부려 마르코의 어깨를 잡았다.

"꼬마야, 말해 봐. 너도 느꼈을 거야. 너도 틀림없이……."

블루토는 사실을 알아차리자 말을 더듬다 말고 입을 다물었다. 마르코가 불을 끈 채 화장실 안에 있었던 것이다. 마르코만 말이다.

크리스토퍼

"화장실 괴물은 없었던 거야. 그냥 이 꼬마만 있었어."

블루토는 숨을 크게 들이마신 뒤 마음을 가라앉혔다.

블루토는 마음을 놓았지만, 쑥스러운지 얼굴이 빨개졌다.

공장의 모든 직원이 모여들었다. M 여사도 사무실에서 나와 소란을 살폈다. M 여사는 무릎까지 내려오는 두꺼운 재킷을 입고 작업반장을 노려보고 있었다.

"제가 어린아이였을 때 형이 화장실 변기 안에 사는 괴물 이야기를 들려줬어요."

블루토의 이야기는 자기 귀에도 터무니없게 들렸다.

"이 꼬마예요!"

블루토가 한 손으로 바지를 치키며 소리쳤다.

"불도 꺼 놓고 화장실 안에 몰래 숨어 있었어요. 월급에서 공제해야 돼요. 해고해야 한다고요."

마르코 얼굴이 창백해졌다.

크리스토퍼가 직원들 사이에서 말하기 시작했다.

"해고해야 할 사람은 화장실 괴물이에요."

몇몇 직원이 킥킥거렸지만 블루토는 아니었다.

"입 닥쳐. 이 꼬마는 해고시켜야 돼."

"하지만 마르코가 해고되면 안디오니의 날개는 누가 꿰매죠? 화장실 괴물이요? 괴물은 손가락이 서툴러 천을 떨어뜨릴 거예요."

크리스토퍼가 말했다.

웃음소리가 더 커졌다. M 여사의 입가도 씰룩거렸다.

"M 여사님, 제발 저 녀석을 해고시키세요."

블루토가 애원했다.

크리스토퍼는 둔한 괴물이 바느질을 하려고 애를 쓰는 모습을 아주 우스꽝스럽게 표현하기 위해 얼굴과 팔을 일그러뜨렸다.

"우아아악! 이 자악업은 부울쌍한 화장실 괴물한테는 너무 어려워."

크리스토퍼가 말했다.

블루토가 크리스토퍼를 공격했다. 다른 직원들은 어린 아프리카 소년이 기계 사이를 이리저리 빠져나가며 작업반장을 손쉽게 피하는 걸 보면서, 박수를 치며 와 하고 함성을 질렀다. M 여사가 크리스토퍼의 길을 예상해 모서리를 도는 걸 낚아채지 않았다면 재미있는 추격전은 조금 더 오래 계속되었을 것이다.

"이제 속임수는 끝났어. 두 사람 다 사무실로 와요."

M 여사가 화난 목소리로 딱딱거렸다.

블루토는 아직도 공격 모드였다. 하지만 M 여사가 손가락 하나로 블루토를 멈춰 세웠다.

"그리고 작업반장은 페퍼민트 차나 타서 가져와요. 앞으로는 화장실 들어가기 전에 호루라기를 불어요. 화장실 괴물이 호루라기 소리를 싫어한다는 건 다 알고 있을 테니까요."

M 여사가 말했다.

"M 여사님, 멋진 농담이에요."

크리스토퍼가 웃으면서 말했다.

M 여사가 크리스토퍼의 귀를 다시 한 번 세게 잡아당기자 그의 얼

굴에서 웃음이 가셨다. M 여사는 크리스토퍼를 끌고 사무실로 향했다. 크리스토퍼는 해고를 당할지도 몰랐다.

마르코는 어찌할 바를 몰랐다. 퀀텀 보이라면 M 여사를 공룡 시대로 날려 보낼 수도 있었다. 하지만 마르코한테는 특별한 능력이 없었다. 마르코는 아직도 화장실로 돌아가지 못할 정도로 겁이 많은 아이였다.

마르코는 죄책감을 조금 느꼈지만 화장실로 돌아가 잊지 않고 전등을 켰다. 마르코는 눈가에서 무언가 움직이는 걸 보았다. 바로 M 여사였다. 화장실과 공장 벽 사이 틈새로 M 여사의 사무실 창문이 잘 보였다.

마르코는 자기도 모르게 팔을 틈새에 밀어 넣은 뒤 몸을 끌어당겼다. 몸이 꽉 끼었지만 갈비뼈를 밀어 넣었다. 코가 납작하게 눌리기는 했지만 조금씩 틈새로 몸을 밀어 넣어 공장 마당으로 빠져나올 수 있었다. 하늘이 이상했다. 한밤중이어서 감색을 띠고 있어야 할 하늘이, 도시의 가로등 불빛에 반사되어 노란빛을 띠는 구름으로 가득했다.

'돌아가. 어서 돌아가.'

마르코의 이성이 속삭였다.

하지만 마르코는 돌아가지 않았다.

낡은 창문의 블라인드 조각이 몇 개 빠져 있어 시야가 탁 트였다. 마르코는 손으로 망원경을 만들어 방 안을 들여다보았다.

M 여사는 책상 뒤에서 크리스토퍼한테 고함을 질렀다. 크리스토퍼는 나무 의자에 앉아 M 여사를 마주 보고 있었다. M 여사가 소리를

지르고 주먹으로 책상을 내리치는 바람에 볼펜들이 들썩거렸다.

'크리스토퍼를 불러야 돼. 같이 책임을 져야 하는 거야. 그러면 M 여사가 우리한테 벌금을 물리거나 해고하지 않을지도 몰라.'

마르코가 마음속으로 생각했다.

하지만 마르코는 잠시 후 무언가 잘못되었다는 걸 알아차렸다. M 여사는 웃음을 지었고, 크리스토퍼한테 윙크까지 했다. 크리스토퍼는 M 여사를 전혀 겁내지 않는 것 같았다. 사실 크리스토퍼는 편안하고 느긋해 보였다. 크리스토퍼는 책상에 무릎을 기댄 채 그릇에 들어 있는 땅콩을 집어 먹었다.

마르코가 몸을 더 움직이다 유리창이 깨지는 바람에 뾰족하게 날이 선 유리 조각이 떨어졌다.

"이런 일이 다시 벌어지면 너는 해고야!"

마르코는 M 여사가 하는 말을 들었다.

"고맙습니다. 우수 직원이 되겠습니다."

크리스토퍼가 대답했다. 크리스토퍼의 하얗고 고른 이가 껌처럼 줄지어 있었다.

마르코는 이 모든 게 가짜라는 걸 깨닫고 놀랐다. 공장에서 듣던 것과는 달랐다.

"블루토한테 너무 심하게 하지는 마. 네가 할 일은 직원들을 기분 좋게 하는 거야. 행복한 직원들이 일도 열심히 하는 법이거든."

M 여사가 이번에는 목소리를 한껏 낮추며 말했다.

"블루토가 마르코한테 겁을 줬어요. 마르코는 공장에서 제일 열심히 일하는 직원이에요. 직원들을 진정시키려면 장난을 쳐야 돼요."

크리스토퍼가 말했다.

M 여사는 크리스토퍼의 그런 현명한 생각에 감명을 받은 것 같았다.

"크리스토퍼, 네 말이 맞아. 마르코가 공장을 그만두면 직원 열 명정도가 따라서 나갈 거야. 그렇게 되면 안디오니 주문을 제때 끝내지 못하겠지."

M 여사가 책상 서랍을 연 뒤 돈을 몇 장 세었다.

"자, 내 트로이 목마를 위한 작은 보너스야."

크리스토퍼는 돈을 받아 양말 속에 쑤셔 넣었다.

"블루토한테 마르코를 내버려 두라고 말씀해 주세요. 마르코는 머리가 조금 모자라기는 해도 제 친구거든요."

"그렇게 할게. 이제 돌아가서 일하렴."

"5분만 더요. 펩시콜라 있어요?"

M 여사가 거의 다정하게 웃음을 지었다.

"한 캔만이야. 5분 뒤에는 아이처럼 울면서 사무실을 나가는 거야."

크리스토퍼가 아랫입술을 내밀었다.

"크리스토퍼처럼 잘 우는 사람은 없어요."

크리스토퍼가 말했다.

그리고 크리스토퍼는 특유의 행동을 보였다. 서커스 곡예사처럼 갑자기 의자에서 튀어 올라 소형 냉장고로 가로질러 갔다. 크리스토퍼는 콜라를 꺼낸 뒤 바닥에 몸을 뻗고 누워 콜라를 마셨다.

"천천히 마셔. 그러다 복통이라도 일으키면 어떻게 하려고."

M 여사가 꾸짖었다.

크리스토퍼는 나지막한 트림으로 대답을 대신했다.

마르코가 창문에서 고개를 돌렸다. 친구의 일은 안전하고 한가한 것이었다.

'크리스토퍼는 정말 내 친구일까?'

마르코가 마음속으로 생각했다.

마르코는 드레드락이 사라졌다는 걸 깨달았다. 이제 퀀텀 보이만 남았다. 마르코는 한기가 느껴지면서 배신감이 들었다. 크리스토퍼는 M 여사의 보호 아래 있으면서 코미디언인 척했다.

마르코는 그런 생각을 하면서도 웃음이 나왔다.

'크리스토퍼가 농담을 하는 이유가 중요할까? 그래…… 그건 중요해.'

마음속으로 생각했다.

크리스토퍼의 농담은 속에 찌꺼기가 들었으면서도 겉은 번지르르한 빨간 사과 같은 거였다. 마르코는 다시는 웃지 않겠다고 생각했다. 속이 메슥거려 빨리 집으로 돌아가고 싶었다. 하지만 마르코는 공장으로 돌아가야 한다는 걸 알고 있었다. 그 전에 마르코는 마지막으로 멀리 보이는 도시의 불빛과 도시 생활에 동경 어린 눈길을 보냈다. 엄마는 저 도시 어딘가에 있을 것이다. 동부 런던의 신호등 앞에서 포일 장미를 팔면서.

제24조

모든 사람은 일터에서 벗어나 휴식하고 여가를 누릴 권리가 있다.

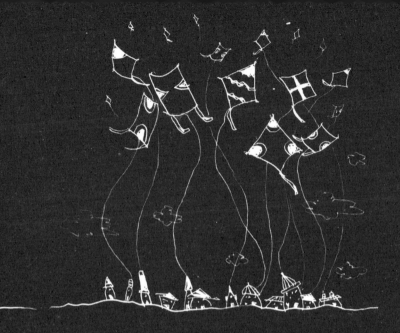

나팔은 필요 없어요!

마이클 모퍼고 Michael Morpurgo

작가로서 비할 데 없는 평판을 갖고 있다. 100편이 넘는 어린이 문학을 발표하여 휘트브레드 상, 스마티 즈 상, 블루 피터 상, 레드 하우스 어린이 도서 상 등 수많은 상을 받았다. 그의 작품은 전 세계적으로 번역되어 읽히고 있다. 2003~2005년 영국 계관 어린이 문학가로 선정되었고, 현재 부인 클레어와 함께 데번에 살고 있다.

나는 내 일을 좋아하는 프리랜서 사진사이다. 몇 주 전에 요르단 강 서안 지구에 갔다. 전쟁의 한가운데 있는 중동에서 첫 번째 일을 하기 위해서였다.

물론 나도 다른 사람들과 마찬가지로 텔레비전에서 그곳을 봤다. 사람들이 비탄에 잠겨 괴로워하고, 버스는 불타고, 검문소에서 이스 라엘 군인이 으레 모욕을 주며, 거리에는 탱크가 돌아다니고, 군중이 돌을 던지며, 올리브 숲과 언덕 꼭대기에 이스라엘 정착촌이 자리 잡고, 팔레스타인 아이들이 난민 수용소 야외 하수구에서 뛰노는 장면을 말이다.

이제는 벽이 팔레스타인과 이스라엘을, 아랍 인과 유대 인을 갈라 놓고 있었다. 텔레비전 화면에 나온 곳들을 알고 있었다. 자주 가 봤으 니까. 그리고 그 벽이 근처에 사는 아랍 인과 유대 인한테 어떤 영향을 미치는지 알고 싶었다. 나는 팔레스타인 쪽에서 여행을 시작했다.

팔레스타인에서 이삼 일 지냈을 때 한 목동을 만났다. 목동은 언덕 중턱 올리브 나무 아래에 혼자 앉아 있었다. 양들은 사방에서 풀을 뜯어 먹고 있었다. 그렇게 아름다운 장면은 처음이었다.

성경에 등장하는 한 장면이 떠올랐다. 목동은 연을 만들고 있었다. 연에 집중하느라 내가 다가가는 걸 눈치채지 못했다. 목동은 나지막하게 휘파람을 불었다. 내 생각에 목동은 노래를 부르는 게 아니라 그저 양들을 안심시키기 위해 그러는 것 같았다.

목동이 고개를 들고 나를 올려다보았다. 그 아이는 놀라거나 겁을 먹지 않았다. 목동의 웃음은 거리낌 없고 매력적이었다. 내가 지나가면서 어쩔 수 없이 인사를 하거나 고개를 가볍게 끄덕이게 만들었다.

나는 앉으면서 배낭 안에 들어 있던 음료수를 건넸다. 아이는 고마워하며 벌컥벌컥 마실 뿐 아무 말도 하지 않았다. 나는 카메라를 가볍게 두드리며 내가 뭐 하는 사람인지 설명했지만 목동은 고개를 절레절레 흔들었다. 처음에는 영어로 이야기해 보려 했다. 그리고 아랍어 몇 마디를 주섬주섬 말했다.

아이는 웃기만 했다. 아이는 나를 좋아해서 더 머물기를 바라는 것 같았지만, 내가 하는 말을 한 마디도 알아듣지 못했다. 잠시 후 나는 아무 말도 하지 않고, 아이가 연 만드는 걸 지켜보았다. 양들은 나무 그늘 아래서 목동과 내 주위를 돌아다녔다. 날씨가 따뜻해서 양들한테서 지독한 냄새가 났다.

내가 사진을 찍기 시작했지만 아이는 개의치 않았고, 숫제 관심이 없는 것 같았다. 우리는 서로의 음식을 나눠 먹었다. 아이는 내가 집에서 가져 온 스카치 쇼트브레드를 무척 마음에 들어했고, 그 애는 나한테 잣을 조금 주었다. 침묵도 함께 나누었다. 우리는 그렇게 하는 게 서로를 알아 나가는 좋은 방법이라는 걸 직감적으로 알아차렸다.

저녁이 되자 목동은 휘파람을 불어 양들을 데리고 집으로 갔다. 나는 양이라도 된 듯 목동과 함께 가는 게 자연스럽게 느껴졌다. 잠시 후 나는 어느새 목동의 대가족에 둘러싸여 있었다. 목동 가족은 서로 이야기를 나누며 나를 쳐다보았다. 적의는 아니었지만 약간 의심을 품은 눈빛이었다. 불안한 경험이었다. 하지만 목동은 여전히 아무 말도 하지 않았다. 그 아이는 가족한테 연을 얼마나 만들었는지 보여 주었다. 목동이 가족의 사랑을 받고 있다는 걸 한눈에 알 수 있었다.

우리는 양고기와 내가 맛본 것 가운데 수분이 가장 많은 커다란 콩을 먹은 뒤, 꿀을 흠뻑 적신 달콤하고 향신료 맛이 나는 케이크를 먹었다. 목동이 내 옆에 앉았는데, 나를 자랑스러워하는 것 같았다. 나는 목동의 손님이라는 게 영광스러웠고, 아이의 호의에 감동받았다. 잠시 후, 놀랍게도 가족 가운데 한 남자가 유창한 영어로 나한테 직접 이야기하기 시작했다.

"나는 사이드의 삼촌이에요. 우리는 당신을 환영해요. 사이드는 직접 이 말을 하고 싶어 하지만, 이제는 말을 하지 않아요. 더 이상 말이에요. 당신이 그때 있었더라도 어쩔 수 없었을 거예요."

남자는 때때로 말을 멈추고 자기가 무슨 말을 하는지 가족에게 설명했다.

"2년 전의 일이었어요. 마무드가 언덕 위에서 연을 날리고 있었어요. 벽을 쌓기 전의 일이었죠. 마무드는 사이드의 형이에요. 마무드는 연을 만들어 날리는 걸 좋아했어요. 사이드는 형과 붙어 다녔어요. 늘 함께였죠. 그날, 이스라엘 정착민의 차량이 계곡에서 팔레스타인 복병을 만났어요. 세 명이 사살되었어요. 그중에 한 명은 어린 여자아이였고요. 잠시 후 이스라엘 군인과 헬리콥터가 도착했어요. 그리고 총소리가 들렸어요. 보복 살인이거나, 유탄이었을 거예요. 그걸 누가 알겠어요? 누가 신경이나 쓰겠어요? 그때 마무드가 총에 맞아 죽었어요. 사이드가 그 광경을 모두 보았죠. 사이드의 눈앞에서 마무드가 죽은 거예요. 그날 이후로 사이드는 말을 하지 않아요. 그때 이후로 성장을 멈췄어요. 하나님이 허락하신다면 사이드의 키가 크겠지요. 하나님이 허락하신다면 말이에요. 사이드가 키가 작고 말을 할 줄 모른다는 건 사실이에요. 하지만 사이드는 팔레스타인을 통틀어 최고의 목동이에요. 또 사이드는 연을 제일 잘 만들어요. 당신한테 말해 주는건데 사이드의 연은 보통 연이 아니에요."

남자가 말했다.

"그게 무슨 말이에요?"

내가 물었다.

"아마 사이드가 내일 직접 보여 줄 거예요. 당신을 위해 연을 날릴 거예요. 내 생각에는 거의 준비를 마친 것 같아요. 하지만 바람이 꼭 동쪽에서 불어야 해요. 안 그러면 사이드가 연을 날리지 않을 거예요."

나는 그 집 지붕에서 별들을 이불 삼아 밤을 보냈다. 피곤하기는 했지만 힘들지 않게 잠이 들었다. 나는 벽 위로 해가 뜨는 모습을 촬영하려고 새벽에 일어나 계곡으로 내려갔다. 그리고 일출 사진을 찍은 뒤 언덕으로 다시 올라왔다. 올리브 숲을 자르고 그 너머 산비탈을 가로지르는 벽을 먼 거리에서 이동하며 촬영할 생각이었다. 벽의 양쪽에서 개들이 짖고, 수탉이 울었다.

나는 아침을 먹은 뒤 사이드와 함께 양 떼를 몰고 집을 나섰다. 사이드는 줄을 매단 연을 가지고 갔다. 바람이 아주 약했기 때문에 사이드가 그날 연을 날리지 않을까 봐 걱정이 되었다. 한 시간 후, 양들이 바위 사이에서 새싹을 먹는 동안 마을 위의 가장 높은 언덕에 앉아 있었다. 그때 양들한테 매단 종이 나지막하게 울리면서 갑자기 산들바람이 불었다. 사이드가 재빨리 일어나 자기가 만든 연을 나한테 내밀었다. 그제야 나는 연 한쪽에 글씨와 함께 비둘기 그림이 그려져 있다는 걸 알았다.

사이드는 전속력으로 달리며 연을 날리는 시범을 보여 주면서 나한테 연을 날려 보라고 졸랐다. 연이 바람을 타고 날아가는 게 느껴졌다. 연이 바람을 타고 하늘로 솟구쳤다. 연이 갑자기 머리 위로 날아오르자 사이드는 박수를 치며 뛸 듯이 기뻐했다.

나는 어렸을 때 아버지와 함께 햄스테드 히스 공원에서 연을 날려 본 적이 있었다. 하지만 그 이후로 연날리기의 벅찬 환희를 잊고 지냈다. 줄 끝에 매달린 연은 살아 있었는데, 옛날의 애정이 살아나는 것만 같았다. 사이드가 내 팔을 잡아당겨 연줄을 가져갔다. 나는 마지못해 연줄을 넘겨줬다.

사이드는 전문가였다. 그 아이가 손목을 홱 잡아당기자 연이 방향을 바꾸고 빙빙 돌았다. 이번엔 손가락을 가볍게 튕기자 연이 급강하를 하고 춤을 추었다. 내 직업적 본능이 시작되었다. 사이드와 연을 한 화면에 잡으려면 사이드한테서 떨어져야 했다. 나는 산비탈 위로 물러나면서 사진을 찍기 위해 멈춰 섰는데, 전쟁으로 황폐해진 땅에서 천진난만한 기쁨이 스쳐 지나가는 순간을 놓칠까 봐 걱정이 되었다. 나는 하늘 높이 훨훨 날아가는 연에 초점을 맞추다가 아래쪽 벽을 줌인 했다. 카메라로 벽을 따라가다 언덕 너머 정착촌에 초점을 맞추었다. 정착촌에서는 파랗고 하얀 깃발(이스라엘 국기를 말함 / 옮긴이)이 펄럭이고, 아래쪽 거리에서는 아이들이 축구를 하고 있었다. 나는 카메라 렌즈를 통해 아이가 골을 넣고 세리모니 하는 모습을 지켜보았다. 그러고 다시 사이드한테 카메라를 돌렸다. 사이드 얼굴에 무언가에 집중하고 있는 표정이 역력했다.

바로 그 순간에 사이드가 연을 날렸다. 아주 신중한 모습이었다. 사이드는 덫에 걸린 새를 풀어 주듯 팔을 높이 뻗어 연을 날렸다. 연은 하늘 높이 날아올랐다. 연은 상승 온난 기류를 타고 두둥실 떠다니는 것 같더니 바람에 실려 올리브 숲 너머로 날아가다가 벽을 넘어 언덕 꼭대기 정착촌 쪽으로 날아갔다.

사이드가 다시 내 팔을 잡아당겼다. 사이드는 카메라 렌즈로 보고 싶어 했다. 나는 사이드가 보고 있는 게 뭔지 알 수 있었다. 머리에 스카프를 하고 있는 어린 여자아이가 지상으로 내려오는 연을 지켜보고 있었다. 여자아이는 연이 내려앉은 곳으로 달려가 연을 주워 든 뒤 사이드와 나를 빤히 쳐다보았다. 축구를 하던 아이들이 언덕을 뛰어 내려 여자아이 곁으로 왔다. 아이들은 그 자리에 멈춰선 채 우리를 쳐 다보았다. 하지만 사이드가 손을 흔들자 여자아이만 손을 흔들어 대 답했다. 아이들은 사이드의 연을 날리지 않았다. 그냥 연을 챙겨 들고 어디론가 사라졌다.

그날 양 떼와 함께 집으로 돌아오는 길에 커다란 콩을 수확하고 있 는 사이드의 삼촌을 만났다.

"수확이 형편없어요. 하지만 어쩔 수 없는 일이에요. 물이 늘 부족 하거든요. 정착촌에 사는 이스라엘 사람들은 우리의 비옥한 토지와 물을 빼앗아 갔어요. 그리고 우리한테는 먼지투성이 땅을 주면서 농 사를 지으라고 하죠."

사이드의 삼촌이 말했다.

나는 사이드가 양떼를 몰고 마을로 돌아가는 동안 멈춰 서서 사이 드의 삼촌과 이야기를 나누었다.

"바람이 제대로 불었어요. 사이드는 연을 단 한 개도 보관하지 않 아요. 연을 만든 뒤 동풍이 불 때까지 기다렸다가 날려 보내곤 하죠. 사이드가 연에 무슨 그림을 그리는지 알아요? 평화의 상징인 비둘기 예요. 또 사이드가 연에 무슨 말을 적어 놓는지 알아요? 아랍 어와 이 스라엘 말인데, '안녕!'이라는 뜻이에요."

사이드의 삼촌이 말했다.

"연을 몇 개나 날려 보냈어요?"

내가 물었다.

"아마 백 개쯤 될 거예요. 마무드가 죽은 뒤 일주일에 한 개 꼴로 날렸을 거예요. 사이드는 엄마한테 왜 연을 날리는지 그 이유를 적어 밝힌 적이 있어요. 사이드한테는 벽 너머에 떨어지는 연이 우정의 씨앗 같은 거예요. 언젠가 정착촌에 사는 이스라엘 아이들이 연을 다시 날려 보내고 모든 게 좋아질 날이 올 거라고 믿는 거죠. 우정이 자라면 평화가 찾아오고, 그러면 서로를 죽이는 일이 생기지 않을 거라고 말이에요. 사이드가 꿈을 꿀 수 있도록 해야 돼요. 그건 사이드가 가진 전부니까요. 사이드는 얼마 안 있어 벽 너머 이스라엘 사람들이 어떤 사람들인지 알게 될 거예요."

사이드의 삼촌이 말했다.

"어떤 여자아이가 연을 주웠어요. 우리를 향해 손도 흔들었죠. 나는 그 여자아이를 봤어요. 그게 시작이에요."

내가 말했다.

"손을 흔든다고 해서 잃어버릴 건 없으니까요."

사이드의 삼촌이 씁쓸하게 대답했다.

나는 하룻밤 더 묵었다. 사이드가 다음 연의 형태를 만들어 가는 걸 볼 수 있었다. 사이드는 카펫에 무릎을 꿇고 앉아 연을 만들었다. 가족들은 사이드가 아주 조심스럽게 연의 뼈대를 만드는 모습을 유심히 지켜보았다. 사이드는 가족의 충고와 음식과 물을 거들떠보지 않고 연 만드는 데만 집중했다.

"좋은 일인지도 몰라요. 사이드가 그 사건을 잊는 데 도움이 될 거예요. 사이드가 잊으면 목소리를 다시 찾을 수 있을지도 몰라요. 그렇게 되면 다시 키가 자랄 지도 모르죠. 하나님이 허락하신다면 말이에요."

나중에 사이드가 잠자리에 든 뒤 사이드의 삼촌이 말했다.

나는 다음 날 아침 일찍 사이드 가족에게 작별 인사를 한 뒤 사이드와 함께 양 떼를 몰고 집을 나섰다. 사이드는 걸어가는 내내 내 손을 잡았다. 입 밖으로 내지는 않았지만 사이드와 나는 같은 생각을 하고 있는 것 같았다. 우리는 친구이고, 헤어지기 싫다는 생각 말이다. 그리고 우리가 헤어지면 다시는 만나지 못하리라는 생각도 들었다.

양 떼가 힘들게 언덕을 기어오르고 있었고, 방울이 아침 공기 속에서 딸랑딸랑 울렸다. 사이드와 나는 어제 연을 날렸던 산비탈에 앉았다. 사이드는 새로 만들 연의 뼈대를 가져왔지만, 연을 만들 기분이 아닌 것 같았다. 사이드는 나와 마찬가지로 계곡과 벽 너머의 정착촌을 바라보았다. 정착촌에는 파랗고 하얀 깃발이 휘날리고 있었다. 당나귀가 우리의 슬픈 이별을 알아차렸는지 가엾게 울면서 지나갔다. 떠나야 할 시간이라는 생각이 들었다. 나는 사이드의 어깨에 잠시 손을 얹었다가 길을 나섰다.

잠시 후 뒤를 돌아보니 사이드가 분주하게 연을 만들고 있었다. 나는 사이드를 사진에 담으려고 그 자리에 멈춰 섰다. 완벽한 마지막 사진이 될 것 같았다. 내가 사진을 찍을 준비를 마쳤을 때 사이드가 갑자기 벌떡 일어났다. 양들이 갑자기 도망가 산비탈을 가로질러 뿔뿔이 흩어졌다.

그 순간, 나는 수백 개의 연을 보았다. 연들은 무지개 색깔이었는데 정착촌 아래의 산비탈에서 공중으로 날아오르며 나비처럼 춤을 추었다. 나는 기쁨에 겨운 비명을 들었다. 정착촌에서 연을 날리고 있는 아이들이 보였다. 서로 부딪혀 바닥으로 떨어지는 연도 있었지만, 대부분의 연은 의기양양하게 하늘로 날아올랐다. 정착촌 사람들이 구경을 하느라 집에서 쏟아져 나왔다.

연들이 잇달아 풀리며 바람을 타고 벽을 넘어 내가 서 있는 쪽으로 왔다. 그리고 연들이 겁에 질린 양들과 사이드와 나 사이에 내려앉자 사이드 마을에서도 사람들이 달려 나왔다. 모든 연에는 아랍 어와 이스라엘 어로 같은 메시지가 적혀 있었다. '안녕!' 그리고 연에는 올리브 나뭇가지를 문 비둘기 그림이 그려져 있었다.

벽 양쪽의 아이들은 갈채를 보내고, 웃고, 춤을 추었다. 스카프를 쓴 여자아이가 깡총깡총 뛰면서 우리한테 손을 흔들었다.

내 옆에 있던 엄마, 아빠, 할머니, 할아버지들도 처음에는 망설이다가 손뼉을 치기 시작했다. 다른 사람들도 곧 합류했다. 그중에는 사이드의 삼촌도 끼어 있었다. 하지만 갈채와 웃음과 춤은 아이들의 것이었다. 산비탈에 아이들의 환호가 울려 퍼졌다. 그건 희망의 교향악처럼 들렸다.

내가 사이드 쪽으로 뛰어왔을 때 그 아이가 다른 사람들과 함께 웃으며 소리치는 걸 들었다. 나는 정말 바보 같았다. 이 기적을 촬영하는 걸 까맣게 잊고 있었던 것이다. 하지만 바로 그 순간에 촬영을 하는 게 별로 중요하지 않다는 걸 깨달았다. 중요한 건 웃음이었다. 언젠가 크게 울려 벽을 무너뜨릴 것도 바로 웃음이었다. *나팔은 필요 없었다. 예리코에서 그랬던 것처럼 아이들의 웃음만 있으면 되었다.

제28조

모든 사람은 자신의 나라와 더불어 전 세계에서 권리와 자유를 누릴 수 있는 평

화와 질서에 대한 권리가 있다.

* 성경에 따르면 모세의 후계자인 여호수아가 황야에서 40년 동안 헤매던 이스라엘 민족을 거느리고 가나안 땅으로 들어가게 된다. 그러나 그들 앞에는 예리코 요새의 거대한 성벽이 가로막혀 있었다. 신의 계시를 받은 여호수아는 엿새 동안 행군만 하고 일곱 번째 날에 성 앞에서 나팔수한테 나팔을 불게 하는데, 그 결과 성벽은 무너지게 되고 예리코성이 함락된다. 이 작품에서 작가는 유대와 아랍 아이들의 웃음이 성경에 등장하는 나팔 역할을 해서 팔레스타인과 이스라엘을 갈라놓은 벽이 성서 속 예리코 성벽처럼 무너질 수 있기를 바란다는 염원을 싣고 있다. / 옮긴이

"어느 누구도
이 선언에 권리요라

자유를 빼앗을 수 없다."

제30조

세계인권선언, 1948년

세계인권선언, 1948년

우리 모두는 어떤 사람이든, 어디에 살든 인권을 갖는다.

홀로코스트와 제2차 세계 대전의 공포를 경험한 뒤 세계 지도자들은 한자리에 모여 세계 평화를 건설하기 위해 머리를 맞대었다. 그 결과 작성된 세계인권선언(Universal Declaration of Human Rights)은 모든 사람이 기본적인 권리와 자유를 가지고 있음을 선언한 최초의 국제 문서이며, 아직까지도 세계에서 인권에 관한 문서 가운데 가장 유명하고 중요한 문서이다.

인권은 모든 사람이 평등하고 존중받으며, 학대와 공포와 가난을 겪지 않으며, 신념을 자유롭게 표현하며 살기 위해 필요하다. 우리 모두는 어떤 사람이든, 어디에 살든 인권을 갖는다. 인권은 인간의 일부이다. 하지만 인권이 늘 존중되는 건 아니다.

국제앰네스티(Amnesty International)는 모든 사람이 세계인권선언을 포함한 국제인권기준에 명시된 모든 인권을 누릴 수 있는 세상을 위해 활동한다. 국제앰네스티의 목적은 정의와 자유, 진실과 존엄성을 침해받은 사람들을 보호하는 것이다.

국제앰네스티 한국지부는 1972년에 창립된 이후 현재 만 사천여 명의 회원과 함께 양심수 석방, 사형 제도 폐지, 이주 노동자의 인권 상황 개선, 표현의 자유 보장, 무기 거래 통제 그리고 최근에는 빈곤에 대한 인권적 접근을 시도하며 국제적 연대를 통한 인권 보호 활동을 펼쳐 오고 있다.

인권에 대해 더 알고 싶거나, 국제앰네스티 활동이 궁금하다면 www.amnesty.or.kr을 방문해 보자.

AMNESTY INTERNATIONAL

년 자유롭니?

세계인권선언 조항

제1조
모든 사람은 태어날 때부터 자유롭고 평등하다. 모든 사람은 각자의 생각과 견해를 갖는다. 모든 사람은 서로를 동등하게 대해야 한다.

제2조
모든 사람은 재산이 많고 적음, 국적, 성별, 인종, 언어, 생각 또는 종교와 구별 없이 이 선언에 제시된 모든 권리를 누릴 자격이 있다.

제3조
모든 사람은 생명을 존중받으며, 자유롭고 안전하게 살 권리가 있다.

제4조
어느 누구도 우리를 노예로 삼을 수 없다. 우리도 다른 사람을 노예로 만들 수 없다.

제5조
어느 누구도 우리를 다치게 하거나 고문할 수 없다.

제6조
모든 사람은 동등하게 법으로 보호받을 권리가 있다.

제7조
모든 사람은 법 앞에 평등하며, 법은 누구에게나 공정해야 한다.

제8조
모든 사람은 불공정한 대우를 받았을 때 법의 도움을 구할 수 있다.

제9조
어느 누구도 정당한 이유 없이 우리를 감옥에 집어넣거나 가두어 둘 수 없으며, 그 나라에서 추방할 수 없다.

제10조
만약 법률 위반으로 기소된다면, 모든 사람은 공정하고 공개적인 재판을 받을 권리가 있다.

제11조
어느 누구도 유죄 확정 판결 전까지는 우리를 비난할 수 없다. 만약 범죄 혐의로 기소되었을 경우 우리는 자기 자신을 변호할 권리가 있다. 어느 누구도 우리가 하지 않은 일로 우리를 비난하거나 처벌할 수 없다.

제12조

어느 누구도 우리의 명예를 침해해서는 안 된다. 어느 누구도 정당한 이유 없이 우리 집에 침입하거나, 편지를 열어 보거나, 우리와 우리 가족을 괴롭혀서는 안 된다.

제13조

모든 사람은 자기 나라 안에서 어디든지 갈 수 있으며, 가고 싶은 나라로 여행할 권리가 있다.

제14조

만약 부당한 대우를 받아 신변의 위협을 느낀다면, 모든 사람은 안전을 위해 다른 나라로 떠날 권리가 있다.

제15조

모든 사람은 한 나라의 국적을 가질 권리가 있다.

제16조

성인에 이른 모든 사람은 자신의 뜻에 따라 결혼하고 가정을 이룰 권리가 있다. 남성과 여성은 결혼하거나 이혼할 경우 서로 동등한 권리를 갖는다.

제17조

모든 사람은 혼자 또는 다른 사람과 함께 재산을 소유할 수 있는 권리가 있다. 어느 누구도 정당한 이유 없이 우리 재산을 함부로 빼앗을 수 없다.

제18조

모든 사람은 자신이 원하는 것을 믿을 권리가 있다. 모든 사람은 종교를 가질 수 있고, 자신의 뜻에 따라 종교를 바꿀 권리가 있다.

제19조

모든 사람은 자기 자신의 의사를 결정하고 좋아하는 것을 생각할 권리가 있다. 또한 어디에 살든 책과 라디오, 텔레비전 등 모든 매체를 통해 다른 사람들과 의견을 나눌 권리가 있다.

제20조

모든 사람은 권리를 지키기 위해 평화적인 방법으로 모임을 갖거나 단체를 만들 권리가 있다. 어느 누구도 자기가 원하지 않는 집단에 소속될 것을 강요당하지 않는다.

제21조

모든 사람은 자기 나라의 정치에 참여할 권리가 있다. 정치인은 정기적으로 선거를 통해 선출하며, 모든 성인은 선거권이 있다. 모든 선거는 비밀로 하고 평등해야 한다.

넌 자유롭니?

제22조

모든 사람은 가정을 이루고, 생활에 필요한 충분한 돈을 갖고, 병들었을 때 의료 지원을 받을 권리가 있다. 모든 사람은 음악, 미술, 공예, 스포츠를 즐길 수 있어야 하고, 재능을 발휘할 기회를 가져야 한다.

제23조

성인에 이른 모든 사람은 노동을 하고 공정한 임금을 받으며, 노동 조합에 가입할 권리가 있다.

제24조

모든 사람은 일터에서 벗어나 휴식하고 여가를 누릴 권리가 있다.

제25조

모든 사람은 인간다운 삶을 위한 적당한 생활 수준을 누릴 권리가 있다.

제26조

모든 사람은 교육받을 권리가 있으며, 무상으로 초등 교육을 마칠 권리가 있다. 모든 사람은 직업 교육을 받고 재능을 발휘할 권리가 있다. 모든 사람은 국제 연합에 대해 배우고 다른 사람들과 어울리고 서로의 권리를 존중하는 법을 배워야 한다. 부모는 자신의 자녀가 어떤 교육을 어떻게 받을지 선택할 권리가 있다.

제27조

모든 사람은 자기가 속한 공동체의 예술과 과학을 공유할 권리가 있으며, 그 혜택을 누릴 권리가 있다.

제28조

모든 사람은 자신의 나라와 더불어 전 세계에서 권리와 자유를 누릴 수 있는 평화와 질서에 대한 권리가 있다.

제29조

모든 사람은 다른 사람의 권리와 자유를 보호해야 할 의무가 있다.

제30조

어느 누구도 이 선언의 권리와 자유를 빼앗을 수 없다.

*1948년 발표된 세계인권선언을 국제앰네스티 영국지부가 요약한 것으로 국제앰네스티 한국지부의 감수를 거쳤다. 세계인권선언 전문은 유엔인권고등판무관 사이트 www.ohchr.org/EN/UDHR/Pages/Language.aspx?LangID=kkn 참조.

이 책을 다 읽으셨나요? 그렇다면 제가 퀴즈를 내 볼게요. 다음에 설명하는 것이 무엇인지 맞혀 보세요. 이것은 아주 멀리 있다고 생각하지만 바로 우리 곁에 있고, 복잡하고 어려워 보이지만 간단하고 분명해요. 그리고 우리하고 직접 관계가 없는 거라고 생각하기 쉽지만, 사실 밀접한 관련이 있어요. 이것은 무엇일까요? 문제가 너무 어렵다고요? 그럼 실마리를 몇 개 줄 테니 엉킨 실타래를 찬찬히 풀어 보세요. 이것은 연예인 노예 계약, 외국인 노동자, 존엄사, 초상권, 집단 따돌림, 전쟁, 아동 학대, 최저 임금, 학교 체벌, 두발 자유화와도 관련이 있어요.

이제 아시겠죠? 맞아요. 이것은 우리가 보장받아야 할 당연한 권리인 '인권'이에요. 그런데 이처럼 우리의 생활과 밀접한 관련이 있는 인권은 그냥 주어지는 게 아니에요. 인권은 오랜 시간에 걸쳐 많은 사람들이 피땀 흘려 얻은 소중한 보물이고, 우리가 실천을 통해서만 얻을 수 있는 권리이기도 한 거예요.

며칠 전에 우리나라 자동차 생산이 세계 5위이고, 조선 산업 경쟁력이 세계 1위이며, 정보화 지수가 세계 3위라는 발표를 들으며 대한민국 국민이라는 사실이 무척 자랑스러웠어요. 하지만 우리나라의 아동 및 가족 복지 지출이 OECD 30개 국가 가운데 꼴찌이고, 행복 지수가 25위라는 기사를 보며 마음이 무거워졌어요. 그리고 우리나라는 정치적 의사 결정과 사회 참여가 제한되고 있고, 표현의 자유를 심각하게 침해받고 있으며, 경찰이 과도한 무력을 사용하고 있다는 국제앰네스티의 2010년 연례 보고서 내용을 읽고 가슴이 답답해지기도 했어요.

이 책에서는 많은 작가들이 여러 가지 방식으로 인권의 다양한 문제에 대해 이야기하고 있어요. 이 책의 마지막 장을 덮으며 여러분은 무슨 생각을 했나요? 다른 책의 경우도 마찬가지이지만 이 책을 꼭 어떤 식으로 읽어야 한다는 법칙은 없어요. 다만 이 책을 읽으며 우리나라 인권 현실에 대해 한 번쯤 생각해 보고, 가족이나 친구와 그 생각을 나누며, 다른 책이나 자료를 통해 인권에 관한 지식을 넓혔으면 좋겠다는 바람을 가져 봅니다. 그리고 나서 나지막한 목소리로 스스로에게 물어보세요.

'나는 지금 자유로운가?'

김민석

넌 자유롭니?

초판 1쇄 2011년 9월 26일
초판 3쇄 2013년 2월 4일

지은이 이오인 콜퍼·데이비드 알몬드 외 | **옮긴이** 김민석
편집 신정선 | **마케팅** 강백산·이은영 | **디자인** 공존
펴낸이 이재일 | **펴낸곳** 토토북 121-210 서울시 마포구 서교동 380-6 원오빌딩 3층
전화 02-332-6255 | **팩스** 02-332-6286
홈페이지 www.totobook.com | **전자우편** totobook@korea.com
출판등록 2002년 5월 30일 제10-2394호
ISBN 978-89-6496-045-5 43840

잘못된 책은 바꾸어 드립니다.